帝王決

八

山河歲月

大結局

水鵬程◎著

目錄
CONTENTS

第一章

天機道長

「大元帥，天機道長帶到。」

被稱為天機道長的那個道士，手中拿著一根拂塵，

瀟灑地將拂塵向左一揮，

搭在左臂上，頗有一番仙風道骨的模樣。

他打了一個道家禮儀，說道：

「無量天尊！老道天機，見過大元帥！」

進入府宅，索泮和唐一明分賓主而坐，只是，唐一明坐在上首，索泮則坐在下首，畢竟唐一明身為漢王，身分尊貴，豈能不加以禮遇。

「漢王親自造訪，可是有什麼重要的事嗎？」索泮問道。

唐一明呵呵笑道：「自然有事，如今本王入主涼州，將涼州全境納入漢國境內，涼州百姓民風淳樸，遵循教化，其民多為晉人，與其他地方羌胡不同，足可以在此有所作為，只是本王手下都是起於行伍的士兵，對保境安民還可以，說到政事上面，卻有點牽強。本王久聞索氏六俊之威名，六俊才情各有所不同，堪稱涼州上士，所以本王想請先生及其兄弟一同出仕，在涼州為官，好好的治理涼州，將涼州打造成一座塞上江南！」

索泮聽後，略微沉思了一會兒，然後道：「漢王，自從涼國滅亡後，我等兄弟六人便久未出仕，政務上面早有疏漏，只怕會辜負漢王的厚望！」

「德林先生是在擔心本王會走鮮卑燕狗的舊路，擔心先生兄弟六人出仕之後，涼州再次被胡虜顛覆，是也不是？」唐一明直截了當地問道。

索泮支吾道：「這個……漢王，草民確實有所擔心，涼州民風淳樸，一旦中原波動，只怕涼州會再次經受戰亂。涼州這幾十年來，在涼國的治理下，百姓安居樂業，各族人民也相互和睦，才有了這幾十萬人口，草民……」

「哈哈哈！」唐一明打斷索泮的話，朗聲道：「德林先生，請放心，涼州西通西域，東接河套，北達塞外，南連關中，是個四通八達之地，本王知道你的擔心。不知道先生可曾聽說，半月前，本王的兩支軍隊兵分兩路直取西域？本王勢要平滅西域諸國，將涼州和西域連成一片，將這偌大的一片地域發展成為塞上江南，難道先生就不願意出仕，在此正值用人之際，大展拳腳嗎？」

「漢軍……漢軍出征西域了？」索泮不敢相信地問道。

唐一明點了點頭，說道：「嗯。」

索泮緩緩說道：「涼國時，西域諸國畏懼涼國武力，大多依附，涼國縱使想滅西域諸國，卻由於實力不足而不得不放棄。如今漢王到來，作勢要滅西域諸國，這種豪情令草民佩服，只是出仕一事，並非草民一人能夠決定，草民必須和兄弟們商議商議。漢王可否給草民一炷香的時間？」

「只要先生兄弟六人能出仕，十天半個月都可以！」

「呵呵，用不了那麼久，漢王在此稍歇，草民去去便回！」

話音落下，索泮向唐一明拜了拜，便急匆匆走出大廳，出了府門。

「大王，屬下在此為官已久，從未見德林先生如此興奮，看來索氏兄弟這次要盡數歸大王所用了。」金逸笑道。

唐一明點點頭，道：「索氏為名門，身上既然有才華，又怎麼肯就此歸隱？如此一來，索氏的門風和聲望就會有所下降，他們之所以不出仕，只是因為涼州未得安定而已。涼國雖然勢力薄弱，卻相安無事了幾十年，這便是索氏在涼國為官的原因。如今，我大軍平滅西域，掃去了西部邊患，他們自然會欣然來投，以壯大索氏門楣。我們在此稍歇，不久便有消息傳來。」

索泮出了自家府門，便挨個去將索綏、索襲、索遐、索菱、索孚兄弟五人全部叫到一起，將漢軍出玉門關滅西域以及唐一明的禮賢下士一番讚許，其他兄弟聽後，也感到機會來了，紛紛點首願意出仕。

索泮府中，唐一明看著那根點燃的檀香，聞著滿屋子的香氣，手中捧著一杯香茗，細細地品了品。

當檀香燒到一半的時候，就見索泮領著另外五人一起來到前廳，六人年齡不一，身材不一，相貌卻很相似，不用說也知道就是索氏六俊了。

索氏六俊一進前廳，便排成兩列，向坐在上首的唐一明叩拜道：「草民參見大王！」

唐一明一臉笑意，忙禮賢下士地道：「六位先生，快快請起！」

索氏六俊紛紛站起，互相對視了一眼，齊聲說道：「漢王親自到訪索府，我等兄弟六人感激不盡。聞大王招賢納士，我等不才，願一同為大王所驅策，共同振興涼州！」

唐一明哈哈大笑道：「好，好！有了索氏六俊，涼州中興有望了！」

敦煌索氏再度出仕，立刻在涼州引來不小風波，許多自恃有才的氏族子弟，見索氏六俊都一起投效漢軍，也紛紛投效，短短的一個月內，唐一明在涼州便收得三十多位涼州上士。

此時的涼州，大致沿襲了涼國所置郡縣，分為武威郡、西平郡、西郡、西海郡、張掖郡、酒泉郡、敦煌等七郡，唐一明讓索氏六俊分別擔任除了敦煌以外的各郡太守，並且任命索泮為涼州刺史，駐守武威郡的姑臧城。其餘二十多位涼州上士，則全部分派到關中擔任太守，一方面抑制住關中氐人，一方面也明確地提高了漢人在漢國中的正統地位。

唐一明在整個涼州和關中境內推行漢律，大力推行民族平等，大凡有才之人皆可為官，不問出身，將這一片西北之地治理得井井有條。

另一方面，西域的戰報開始傳了回來，謝艾、趙乾所部擊敗鄯善軍隊，鄯善王投降，國滅。謝艾留下三千士兵駐守，並且帶著鄯善士兵一同進攻于闐，于闐不戰而降。

北路苻堅、呂光所部，則聯合高昌國一同進攻焉耆，焉耆王畏懼，投降，國滅。苻堅派人招降龜茲王，龜茲王再次斬殺來使，並且聯合疏勒進攻焉耆，苻堅、呂光緊守，成功擊退龜茲、疏勒聯軍，並且將高昌、焉耆士兵併入漢軍，一同進攻龜茲城，呂光攻破龜茲，屠殺龜茲王族，龜茲國就此被滅。

接到戰報後的唐一明欣喜若狂，將消息公佈整個涼州，使得涼州百姓歡欣鼓舞，大快人心。

半個月後，謝艾、趙乾聯合苻堅、呂光一起進攻疏勒，滅之。之後，兩軍一起進攻烏孫，破其王城，斬殺兩萬餘人，俘虜人口數萬，牛羊各十萬頭，戰馬數萬匹。

西域的連連大捷，使漢軍在西域聲名大振，三個多月的征討戰爭，漢軍一共殲敵五萬多，俘虜人口十八萬多，牛羊三十萬頭，戰馬十萬匹。自此，西域諸國盡皆平定。

西域平定後，唐一明論功行賞，西平侯謝艾晉封大將軍，苻堅、呂光、趙乾均以戰功晉封為少將，其餘將士均進軍銜一階。

如今的漢國內，謝艾是第一個被封為大將軍銜的人，由於他對西域頗為瞭解，唐一明敕封他為大將軍銜，也是想讓他留在西域，統帥西域諸王，好好的發展西域。

另外，唐一明敕封少帥軍銜給黃大，敕封柳震為少將軍銜，東北一帶如同西北一樣重要，西域各國被滅之後，漢國三面鉗制燕國領土，形成了三面包圍之勢。

與此同時的鄴城，太原王、太宰、大元帥慕容恪端坐在大元帥府中，緊皺著眉頭，面前放著勢力分佈圖，長長地嘆了一口氣。

「短短的數月時間，漢軍滅秦、平涼、掃西域，已經將我國三面包圍，漢軍在遼東的黃大軍團這幾個月來大舉北進，滅掉了高句麗、扶餘等國，並且佔據其地，勢力如日中天，再這樣下去，只怕停戰協議的年份一到，漢軍就會拿我大燕開刀，三面夾擊，大燕岌岌可危，還請大元帥早做決定！」陽騖站在慕容恪的身邊，頗為重視地說道。

「停戰協議一簽就是三年，如今剛過半年，漢軍就展現了如此雄風，如果再給漢軍兩年半的和平發展時間，只怕我大燕就會成為刀俎之肉！」慕容塵道。

「大元帥……」慕容強道。

「好了！不必說了，本帥心中有數！只是如今我大燕元氣大傷尚未恢復，漢國海軍長期徘徊在黃河沿岸，雖然沒有進攻，卻虎視眈眈，何況漢軍的軍隊裏大多已經裝備上了大炮，我軍沒有這種武器，根本不是對手。你們都下去吧，容本帥好好想想。」慕容恪無奈地道。

「是，大元帥！」眾人齊聲回答道。

眾人都離開後，慕容恪不禁忿忿想道：「唐一明，你到底是人是神？為什麼每一個具有威力的武器都是你想出來的？炸藥根本無法進行遠端射擊，虧我大燕國還購進了不少！唉！」

思慮半晌，慕容恪也想不出個所以然來，他看看桌上擺放的那包炸藥，用匕首劃開了包裹著的布料，拿起一小撮黑色粉末在鼻間聞了聞，覺得很是刺鼻。

他放下手中的粉末，目光無意中看到自己的那張大弓，突然靈機一動，笑了起來，得意地道：「唐一明能想出來的東西，為什麼我慕容恪就一定要遵循他的路線？哈哈，哈哈哈！」

慕容恪面帶春風，起身走到府門外，騎上快馬，雙手一提馬韁，飛馬奔出鄴城。

朦朧的遠山籠罩著一層輕紗，在縹緲的雲煙中忽遠忽近，若即若離，就像是幾筆淡墨抹在藍色的天邊。

原野上，一團白色從地平線上駛出，純白色的駿馬背上馱著一名身披銀甲的將軍，那將軍的面容甚是俊美，堪稱天下一流。

此人不是別人，正是燕國的真正主宰者，兵馬大元帥慕容恪。他單騎從遠處馳來，以極為輕快的速度向著山道裏奔馳。

狹窄的山道兩邊都是陡峭的岩壁，岩壁上，一個黑色人影若隱若現，當看到山道中行駛的人時，那團黑色便再次隱沒在蒼鬱的綠色當中，讓人毫無察覺。

山道彎彎曲曲，幽長而又狹窄，使得慕容恪不得不放慢馬匹的速度，在山道中緩慢前行。

大約半個時辰後才駛出山道，眼前豁然開朗，前面竟是一片極大的谷地。

在怪石嶙峋的山中，任誰也想像不到，山谷中居然會隱藏著如此平坦的地方。還沒進入山谷時，便能在遠處聽見乒乒乓乓的敲打聲，越是靠近，聲音越是清楚，最後整個山谷中到處都充斥著這種聲音。

慕容恪翻身下馬，一邊牽著馬匹慢行，一邊目視山谷中的一切，臉上顯出滿意的笑容。

山谷中人群晃動，約有數千士兵，上身赤裸，揮動著手中的大錘，在一個個鍛臺上張弛有度的敲打著被燒得發紅的鑌鐵。四周高爐林立，火光沖天，每個在附近的士兵都汗流浹背，這裏竟然是一處兵器的鍛造處。

慕容恪向前走去，越發能感受到其中的熱度，熱浪撲面而來，他甚至能夠聽見鑌鐵在火爐中被焚燒的嗤嗤聲。

打鐵的士兵見到慕容恪親自到來，紛紛行禮，慕容恪微笑著對每一個正在工作的士兵點了點頭；這已經成為一種習慣，半年來，慕容恪每隔十天就會來這裏視察一次。

士兵們對慕容恪行過注目禮之後，不敢有絲毫的停留，急忙揮動著手中的大小錘子，敲打鑌鐵，生怕過了火候！

慕容恪經過一條長長的甬道之後，貼身的衣服早已經被汗水浸濕，看到站在火爐邊一面打鐵，一面抹著汗水的士兵，他能夠完全地感受到這些士兵的辛苦。

甬道過後，岩壁上有一個大大的山洞，山洞門口有兩個士兵守衛著，士兵見慕容恪到了，急忙上前攙扶，從慕容恪手中接過馬匹，拴在山洞邊僅有的一棵大樹上。

慕容恪徑直走進山洞，立即感到洞內傳來的絲絲涼風。

山洞為人工開鑿，四周岩壁凹凸有致，唯獨腳下道路被打磨得極為光滑。踩在平坦的岩石上，慕容恪一步一步地朝山洞內走去，越朝裏走光線越暗，四周的火把也被微風吹得忽明忽暗。

好不容易走到盡頭，便見山洞內又多出三個不同的山洞，把守山洞的士兵也多達二十餘人。

「參見大元帥！」士兵們見到慕容恪，急忙行禮拜道。

「免禮！」慕容恪抬起手，說道：「孫將軍在哪個山洞？」

「中間山洞。」士兵答道。

慕容恪「嗯」了一聲，便邁著矯健的步子，高挺著胸膛，大踏步地朝那個山洞走去。

經過一條不長的甬道，慕容恪終於進入山洞，並且看見山洞內的全貌。

環形的山洞內，幾百個士兵用黑布蒙著臉，只露出兩隻明亮的眼睛，正在一個個岩石打磨而成的石案上，將三種不同的東西用一桿秤均勻地混合在一起。

「大家都注意點，灑了一點就別想活了！」一個高亢的聲音從眾人中間傳了出來。

「孫希！」慕容恪叫道。

「參見大元帥！」眾人轉過頭，一看是慕容恪，紛紛停下手中的活，參拜道。

「免禮！」慕容恪筆直地站在那裏，大聲道：「孫希，你過來！」

孫希從人群中擠了出來，快步走到慕容恪身邊，取下臉上的黑色蒙巾，詫異地道：「大元帥，你怎麼又來了？」

「怎麼？本帥來視察一下也不可以嗎？」慕容恪一把拉住孫希的手，就地坐在一塊打磨而成的石凳上。

「大元帥，你誤會末將的意思了。末將是說，這裏地處偏遠，大將軍從鄴城趕來，一來一回要經過不少顛簸，何況這山洞裏的味道也不是很好聞，聞多了，就算沒有毛病也聞出毛病了，末將是在為大元帥的身體擔心！」

「嗯，本帥在鄴城閒著沒事，這些日子來，大燕國沒有什麼重要的事，滿朝文武各司其職，陛下也虛心好學，所以才來這裏走動走動。對了，天機道長何在？」慕容恪問道。

「啟稟大元帥，天機道長在隔壁山洞，正在試威力！」孫希站了起來，抱拳答道。

「坐！」慕容恪看到孫希站起來，責備道：「你就不能放鬆一點嗎？本帥又不是老虎，還能吃了你不成？本帥曾經告訴過你，咱們是生死兄弟，不必太過拘禮，在鄴城也就罷了，在這裏你還這樣子，倒是讓本帥有點心寒了！」

孫希臉上一窘，便又坐了下來，窘迫地道：「大元帥，末將……末將……」

「好了，不用說了，本帥知道。你去將天機道長叫來，我有事要和他商量！」

「諾！」孫希趕忙快步走出山洞去找人。

看著孫希離去的背影，慕容恪心中想道：「近年來，皇甫真戰死傅彥叛漢，慕輿根劫持陛下被我誅殺，我大燕八大將只剩下五人，其中慕容評、慕容軍兩位叔父又年事已高，慕容塵、慕容強、慕容龍之輩又不足以堪當大任，也就剩下五弟和孫希了。孫希並非鮮卑人，如果我再不極力拉攏他，難保他以後不會生出異心。唉！大燕人才凋零，漢軍三面包圍，難道我大燕慕容氏真的要毀在我輩中人的手裏嗎？」

慕容恪臉上現出傷感的情緒，大燕國正如他所想的那樣，半年前，慕容恪還在中原與漢軍決戰之時，野心勃勃的慕輿根便在鄴城劫持了還未正式登基的太子慕容暐，把持朝政，若不是慕容軍的小兒子慕容仙及時通報，只怕大燕國會岌岌可危。

慕容恪從中原秘密退軍，大軍直逼鄴都城下，將慕輿根包圍。慕容仙打開城門，迎入慕容恪的大軍，慕輿根之亂也就此平定。

正當他思緒亂飛之際，但聽腳步聲響，便見孫希帶著一個身穿道袍，披頭散髮，面帶青鬚的道長來了。

孫希向慕容恪拜道：「大元帥，天機道長帶到。」

被稱為天機道長的那個道士，手中拿著一根拂塵，瀟灑地將拂塵向左一揮，搭在左臂上，頗有一番仙風道骨的模樣。他打了一個道家禮儀，說道：「無量天尊！老道天機，見過大元帥！」

慕容恪抱拳道：「道長有禮，慕容恪有一事請教！」

天機道長呵呵笑道：「大元帥客氣了，有什麼事，儘管問老道便是。」

慕容恪問道：「慕容恪能有幸認識道長，實屬萬幸，若非得遇道長，我大燕國也不能窺探炸藥的真正奧秘。只是，在下突然想起一事，故急忙來見道長，只求再通過道長之手，製造出更為精妙的武器來。」

「哦？大元帥聰明絕頂，老道佩服。既然大元帥需要老道幫忙，老道也是義不容辭。大元帥請說吧！」天機道長驚奇道。

「道長，現在做配製的炸藥，均是用龐大數量打包而成，如果用同等比例的三種東西配製成小包炸藥，如同箭矢的箭頭那麼大，然後綁在箭矢上以火箭射出，不知道威力是否能趕得上炸藥？」慕容恪問道。

天機道長思慮了一番，道：「大元帥甚是聰明，老道佩服得五體投地，只是，分量小了，威力自然也就小了，不如炸藥包有那麼大的驚人威力。不過，這方法倒是行得通，老道能夠製造出這些東西，可以縮減比例，願意在大元帥面前一試威力！」

「如此甚好，道長大概需要多久？」

「片刻時間即可，大元帥可在山洞外面稍候，老道一會兒製成，便帶著小包炸藥到洞外演示給大元帥看，至於效果如何，老道不敢保證。」

「那就有勞道長了。」慕容恪作了一個揖，轉頭對孫希說道：「走，咱們到洞外候著。」

慕容恪和孫希一起出了山洞，在洞外的空地上默默等候。

孫希忍不住問道：「大元帥，你的意思是，用弓箭將炸藥射出去，就如同漢軍的大炮一樣嗎？」

「嗯，正是這個意思。炸藥包的威力雖然大，但是卻無法遠端拋射。我軍士兵都是弓馬嫺熟的勇士，如果能在箭頭上綁上一小包這樣的炸藥，以火箭方式射出，漫天箭矢襲來，一點小威力便會聚集成大的威力，如此一來，我軍也能提高戰鬥能力。」

「哈哈，大元帥，這樣妙的方法，末將怎麼就沒有想出來呢？如果真能這樣的話，那我軍就不用再懼怕漢軍了，只利用弓騎兵，便能將漢軍全數捕殺！」

說話間，天機道長便帶著幾根箭矢來了，道：「大元帥，這是按照大元帥的意思做成的，大元帥可以試一試威力！」

慕容恪接過箭矢，見箭矢的箭頭上面綁著如同一塊玉佩那麼大小的炸藥包，一臉的喜悅，衝孫希喊道：「拿弓來！」

孫希從士兵手中拿來一張大弓，將大弓遞給慕容恪，慕容恪接過大弓，將箭矢搭在弓弦上用力一拉，拉到滿弓狀態。恰好此時天空中一隻蒼鷹飛過，慕容恪便彎弓射鷹，將箭矢點燃，但聽一聲弦響，箭矢便迅疾地飛了出去。

慕容恪、孫希、天機道長都帶著極大的期望看著那箭矢破空而上。

按常理來說，箭矢應該到達的高度卻沒有跑到，反成強弩之末，居然向地面落了下來。

箭矢急速落下，讓慕容恪等人的過高期望頓時跌落谷底。

「大元帥小心！」

孫希突然意識到什麼，急忙將慕容恪給推到一旁，同時拉著天機道長一起向邊上跑去。

「砰！」

一聲悶響，地面上的岩石便被炸開一個大洞，石屑亂飛。

「好險！」慕容恪驚魂未定地道，「孫希，多謝你救了本帥一命！」

「大元帥，此事不足掛齒！」孫希趕忙擺手道。

慕容恪此刻仍心有餘悸，他正站在箭矢墜落的地方，如果不是孫希及時推開他，只怕他早已經命喪當場，腦漿也會被那箭矢給炸得四分五裂。

看著地上留下的那個彈坑，慕容恪自言自語道：「奇怪？為什麼會這樣？難道是我這幾年沒有上戰場衝殺，箭法下降了？」

「非也！大元帥，如果在平時，那隻蒼鷹早就被大元帥的箭矢射中，墜落在地，然而今日不同，箭矢的箭頭因為綁著炸藥，箭矢就多了一份重量，所以即使是同樣的力度，箭矢也會達不到原先的距離，從而落下來。」孫希解釋道。

當局者迷，旁觀者清。孫希的一席話，讓慕容恪找到了原因所在。他喊道：「拿本帥的鐵胎弓來！」

士兵取來慕容恪的鐵胎弓，畢恭畢敬地交到慕容恪的手中。但見那鐵胎弓豎立在地上，有一米三四那麼長，比普通的弓還要大還要長。

「本帥就不信，本帥的鐵胎弓還達不到那個高度！孫希，備箭！」慕容恪賭氣說。

一切就緒，慕容恪重新拉弓射箭，在看到那隻仍然在天空中盤旋的蒼鷹之後，便道：「點火！」

火焰燃起，長長的引線發出了嗤嗤的聲音，慕容恪做了一個弓步，彎弓向天，手臂上的肌肉盡皆展現出來，瞄準空中的那隻蒼鷹，毫不猶豫地射出搭在弓上的箭矢。

箭矢劃破長空，逆風而上，筆直地射穿了蒼鷹的喉頭，蒼鷹一聲慘叫，隨之從空中墜落下來。

剛下墜不到兩米，便聽見一聲悶響，蒼鷹在空中被炸開了花，屍體碎片紛紛落在地上，染得周圍一片血污。

幾滴黏稠的血液滴落在仰空張望的慕容恪臉上，他看到那支箭矢的威力，嘴角浮出一絲淡淡的笑容。

他丟下手中的鐵胎弓，伸出一根手指，抹了一下臉上的血液，然後放在嘴邊，伸出舌頭，輕輕地舔了舔，眼睛裏露出幾許異樣的殺機。

「大元帥！成功了！」孫希高興地叫道。

天機道長笑道：「恭喜大元帥，賀喜大元帥！」

慕容恪也是滿心歡喜，對孫希道：「命令全軍將所有的炸藥拆除，改成小包的！」

「拆……拆除？大元帥……」

「大元帥，以老道之見，還是不要拆除為好，不如讓老道改進一下，多增加點引線，可以作為埋在地下的陷阱用！」天機道長靈機一動，說道。

慕容恪想了想，覺得天機道長的話很有道理，便點點頭，表示認同，然後翻身上馬。策馬走到天機道長身邊，拱手說道：「天機道長，一切就拜託了！」

天機道長重重地點了點頭，道：「大元帥放心，老道必竭盡全力！」

「大元帥，你這是要走了嗎？」孫希見慕容恪翻身上馬，忙喊道。

慕容恪道：「嗯，一個月後，本帥再來察看。」

「恭送大元帥！」孫希和天機道長齊聲說道。

慕容恪策馬揚鞭，大喝一聲，面帶春風，馳了出去。

第二章

波斯使臣

尼沙魯身體偏胖，眼窩深陷，鼻子高挺，
畢恭畢敬地向唐一明施禮，說道：
「尊敬的國王陛下，我是尼沙魯，是波斯薩珊王朝的使臣，
我們聽說東邊一個帝國正在崛起，想與貴國通商，以結盟好！」

晉穆帝永和十二年，九月。

唐一明在穩定西北局勢之後，又派兵北擊匈奴，東征鮮卑拓跋部，均取得大勝，並且使得鮮卑拓跋部投降，遷徙其民到河套地區屯駐，自此完成了包圍燕軍之勢。

十月。

王猛用一年的時間安撫中原，使得中原恢復了生機，並且建議唐一明將都城遷徙到洛陽。於是唐一明帶著親隨返回洛陽，並且暫時將都城遷徙到洛陽，留姚萇鎮守青州，漢王府亦遷徙到洛陽。

金秋十月，短短一年來，唐一明將漢國的地盤擴大了許多倍，使得漢國一舉成為天下第一的大國。北方燕國、南方晉朝，其實力都不敢與其抗衡。

漢國穩定的環境，使得百姓歸心，加上漢國境內推舉的輕傜役、免稅收的政策，使得晉朝和燕國的一些百姓偷偷流入中原之地，充實了漢國人口。

東北、西北、中原，三方安定，漢國太平，唐一明又遵從相國王猛的建議選拔人才，組建新軍，進一步增強了漢國的實力。

十一月初四，黃河沿岸寒冷異常，天空中下起了大雪，整個海軍停靠在岸邊，在孟津碼頭，一排排兩層的樓房拔地而起，這裏是漢國海軍的一個基地，漢國的海軍士兵就住在這裡。

在數排樓房後面，一座如同別墅般的豪宅巍峨地屹立在那裏，豪宅四周各有一處門樓，幾個士兵住在裏面負責防守，守衛相比之下較為嚴格。

豪宅是唐一明的行轅，此時，他正在溫暖的豪宅內抱著自己心愛的女人，外面天寒地凍，屋內春意融融。

「芷菁，這是從西域帶來的葡萄，你嘗嘗！」唐一明從桌案上拿來一串葡萄，對斜躺在大床上的蘇芷菁說道。

在離基地不遠處的地方上，一個偌大的火爐正在呼呼地冒著烈火，用加熱的水順著地下鋪就的管道流入千家萬戶。

這幾年，為了能夠驅寒，唐一明沒少費工夫，在所佔領的區域內大肆探查各種礦產，並且派人加以開採，如果擱在現代，就算他不從政，光他控制的那些礦山，就足夠讓他成為全球首富了。

在內政的基礎設施上，他也沒有少下工夫，修建了許多條平坦的道路、溝渠和大堤，使得中原一帶的交通暢通，也保證了旱澇災害發生時能有所應對。不過，西北和東北因是剛剛佔領，人心不穩，還無法大刀闊斧的進行基礎建設。

「老公，我聽說你從西域帶回來一位樓蘭美女，是不是真的？」蘇芷菁拿了一顆葡萄塞進嘴裏，漫不經心地問道。

唐一明臉上一愣，問道：「你聽誰說的？」

「你只需要回答我是還是不是？」蘇芷菁一臉正經地問道。

西域之戰結束後，謝艾主動進獻了一名樓蘭美女給唐一明，這件事唐一明一直沒有說出來，在入駐洛陽的時候，他每日都和那名樓蘭美女夜夜春宵，過著欲仙欲死的日子。

唐一明也不隱瞞，點點頭道：「你是不是生我氣了？」

「沒有！我能諒解，你一個人去遠征西北，身邊也沒有帶著女人，找個女人敗敗火也好。」

蘇芷菁依偎在唐一明身旁，體貼地替唐一明捏了下肩膀。

「老婆……你對我真好！」唐一明感動地說：「你現在身為海軍中將，掌管孟津基地，三萬海軍雖然不多，可也不是小數目，這種活不是女人幹的，我準備從軍隊裏選出一個得力的人來掌管海軍，這樣一來，你就可以跟我回王府，咱們就可以天天在一起了。」

「嗯，我也想過正常人的生活，之前還有楊清在這裏陪著我，現在她嫁給了陶豹，軍隊裏就剩下我一個女人了，難免有所不方便；如果是娘子軍的話，那我寧願留在軍中。對了，王妃她們從廣固來了沒有？」

「來了，還在路上，估計幾天後才能到。老婆，你掌管海軍那麼長時間，可有什麼人選嗎？」

「要說人選嘛，倒是有一個。是當年跟著我當海盜的四當家袁諾，他對海戰的熟悉度一點也不亞於廉丹。廉丹當年出征三韓的時候，帶走了大部分我的舊部，袁諾跟隨柳震回來後，就再也沒有出海，一直留在海軍。老公，你覺得袁諾如何？」

「袁諾？就是臉上有塊胎記的那個？」

「嗯，就是他！」

「既然老婆如此推崇他，我也沒有意見，就姑且任命他為海軍中校吧，先暫時掌管海軍，以後再看看他領導得怎麼樣，如果可以的話，再升他的職，順便將東萊的海軍也一起交給他管理。」

這時，門外一個士兵突然喊道：「大王，晉朝急報！」

「晉朝？怎麼會這時候來急報？」唐一明接過士兵遞來的急報，疑惑地說。

唐一明打開急報，快速流覽了一下，臉上立刻變色，將急報狠狠地扔在床上，大罵道：「謝安真是個渾蛋！」

蘇芷菁見唐一明臉上變色，趕忙拿起急報，看完後，臉上也是一寒，擔憂地道：「老公，現在怎麼辦？如此一來，晉朝內部的情況我們就一無所知了！」

「竟然殺了老子的情報員，謝安這老小子一點都不留情面，真是可惡！」唐一明罵道。

「事已至此，罵也沒有用，正所謂各為其主，謝安如此做，也是想鞏固晉朝實力罷了。不過，這樣一來，晉朝內部的動靜，咱們就算徹底不知道了。老公，要不要再派人去晉朝？」

「不用了，這一年來，謝安自從掌握大權之後，便竭力掃清我們在晉朝安插的奸細，這次又將我們的人連鍋端了，再派人去，估計還是會有此下場。」

「那怎麼辦？」

「沒事！外線進不去，老子就動用內線！」

「內線？」

「嗯，內線！這次我看謝安是不是能下得了手！」

唐一明話音剛落，便急忙到書桌旁奮筆疾書，寫了一封歪歪扭扭還算能認清的毛筆字，然後吩咐道：「來人啊！將這封信火速送往壽春，務必要交給鎮東將軍謝尚的手上！」

唐一明將剛寫好的信隨便一摺，也不等墨跡風乾，便塞進來人的手中。

等到第一個士兵走後，唐一明接著寫第二封信，這次寫得極為工整，等到墨跡風乾，才讓人進來。

唐一明道：「你將此信交給關二牛，讓他化作商客混進壽春城，將此信轉交給平北將軍諸葛攸，記得，務必要親自送到諸葛攸手中！」

等到兩封信都派發出去後，唐一明長出了口氣，回到床邊，張開雙臂便要去抱蘇芷菁。

「等等！老公，你都在信上寫了什麼？」蘇芷菁用手擋在唐一明的胸膛上，問道。

「想知道嗎？嘿嘿，親熱完再告訴你！」便將蘇芷菁給壓在身體下面，然後一陣狂吻……

第二天，唐一明正式任命袁諾為海軍中校，掌管在孟津的三萬海軍，自己則帶著蘇芷菁和親隨返回洛陽。其他的妻子、兒女也被接入洛陽皇宮。

又過了幾天，洛陽城裏迎來一個外國商隊，所有的人都是金髮碧眼，穿著奇特，在洛陽城中引來不少圍觀。

這日，唐一明正在偏殿和兒女們玩耍，便見王猛帶著一位金髮碧眼的外國人前來晉見。

唐一明的大兒子唐太宗看見那個金髮碧眼的外國人，好奇地對唐一明道：「爸爸，這是什麼人啊，為什麼和我們不一樣？他的頭髮好好看啊！」

唐一明聽了，說道：「乖孩子，他是從外國來的，也叫洋人；太宗乖，帶著弟弟妹妹去找你媽媽去，爸爸有事要忙，等下再陪你玩！」

太宗才兩歲多，卻很懂事，聽了唐一明的話，便拉著唐琳和唐穎的手出了偏殿，邊走還邊說道：「爸爸要忙了，咱們不能打擾他，哥哥帶你們去玩好玩的。」

王猛看後，笑道：「大王，看來大王子十分的聰慧，待大王再加以調教調教，以後肯定會成大器，大王也就後繼有人了。」

「呵呵，但願如此。相國，替我介紹一下吧！」

「嗯，大王，這位是來自西方，波斯人，叫……」王猛一時間想不起他的名字，扭頭問道：「你叫什麼？」

「尼沙魯，我叫尼沙魯，尊敬的相國大人！」

唐一明好奇地道：「尼沙魯閣下，你是怎麼到我漢國的？」

尼沙魯身體偏胖，眼窩深陷，鼻子高挺，畢恭畢敬地向唐一明施禮，說道：「尊敬的國王陛下，我是尼沙魯，是波斯薩珊王朝的使臣，也是波斯商隊的領導人。我們聽說東邊一個帝國正在崛起，而且動亂的西部也得以安定，這才從康居繼續向東，想與貴國通商，以結盟好！」

「哈哈，好啊，能得到波斯的聯盟，也是可喜可賀啊。那本王就答應你，和你們通商，這次你們帶來了什麼好東西？」唐一明知道波斯強大，立刻應允下來。

尼沙魯恭敬地道：「尊敬的國王陛下，這次商隊本來是到達康居就要停止的，可是我禁不住東方帝國的誘惑便帶著商隊來了，以至於並沒有帶多少東西，只有剩餘的一些象牙、珍珠等物，如果國王陛下有什麼需要的話，我下次來的時候，會多帶一些東西來的。」

「能帶大象和獅子來嗎？」唐一明興奮地問道。

尼沙魯臉上一窘，支吾道：「尊敬的國王陛下，這恐怕有點困難。因為路途遙遠，這些動物經受不住長途跋涉，死在路上的機率很大。」

「呵呵，我隨便說說的，如果真能帶一些大象和獅子過來，本王也是歡喜得很。下次你來的時候，記得帶些當地的水果及食物的種子過來，我也會將我們東方的食物、水果的種子讓你帶回去，如何？」

「多謝國王陛下，您的美意一定會打動光明神，光明神也一定會保佑國王陛下的。下次我來的時候，一定想法設法將大象和獅子運來，以答謝國王陛下的友善！」

「光明神？哦，應該是中原說的拜火教吧，明教不就是出於拜火教嗎？」唐一明心中嘀咕道。

他見尼沙魯如此客氣，便對王猛說道：「相國大人，好生照顧這些外國來的朋友，帶他們到洛陽城中多走走，讓他們看看咱們東方是很強大很美麗的帝國！」

王猛領命，便將尼沙魯帶了下去。

看著尼沙魯的身影，唐一明自語道：「看來閉塞已久的絲綢之路又可以打通了，我得招募一支商隊向西方前進才行，只有這樣，才能瞭解各地風俗習慣，不至於讓自己的資訊閉塞。現在那兩封信也該到了吧，不知道諸葛攸將此事辦得怎麼樣了？」

晉朝，壽春城。

鎮東將軍謝尚坐在太守府中，打開剛剛接到的一封密信，看了半天，都看不出個門道來。因為信上的字跡歪曲難看，勉強能認得出來，但是這封信墨跡還沒風乾就摺了起來，使得信上的字跡被墨水相互塗抹，弄得一封信能看清楚的字還不到三分之一。

「謝……我唐一明……但願……事成之後……明親筆……」

謝尚研究了半天，也看不出那中間模糊的是什麼字，忍不住將信猛地摔在地上，大罵道：「這算哪門子的信嘛？看了半天也看不清楚，讓本將軍如何看？」

一個身形單薄的人站在大廳中，看到謝尚發怒，立刻跪在地上，戰戰兢兢地叩拜道：「將軍息怒，將軍息怒！這不是小人之過，對岸漢軍將信送來時，就是這個模樣……」

「算了算了，這也怪不得你，就姑且如此吧。只是我與漢王唐一明素無來往，他怎麼會突然想起給我寫信了？難不成是有事求舍弟，開不了口，想讓我旁敲側擊？」謝尚使勁地甩了甩了頭，自言自語地道。

大廳中那個人立即告退，快速地離開，剛走出大廳，便愣了一下，急忙退在一旁，不敢直視，渾身哆嗦地道：「參……參見諸葛將軍！」

來人正是諸葛攸，他全副武裝，身後帶著十名身強體壯的武士，不經通報便徑直闖進了大廳。

謝尚和其他人尚未反應過來，他便將一道聖旨高高舉起，大聲喊道：「奉旨抓賊，將謝尚給我綁了！」

話音落下，大廳中所有人都震驚不已！

謝尚更是一臉的糊塗，眨巴著眼睛問道：「諸葛攸，你搞什麼名堂？竟然敢到本將軍的府中來撒野？」

諸葛攸一臉正色，怒道：「謝尚！看清楚了，我手上拿的可是貨真價實的聖旨，誰跟你開玩笑！奉天承運，皇帝詔曰，鎮東將軍謝尚勾結漢王唐一明，即令平北將軍諸葛攸將其抓獲，押赴京師，交廷尉審訊！欽賜！」

謝尚聽後，更是吃驚不已，大叫道：「你……你不要血口噴人，本將怎麼會……」

「這是什麼？」

諸葛攸突然看見腳邊有一封信，便撿了起來，只見信上黑糊糊的一片，將關鍵的部分都給抹黑了，更是理直氣壯地道：

「你還敢狡辯？證據確鑿，我還冤枉了你不成？罪只在謝尚一人，與他人無關，敢擅自動者，定斬不赦！帶走！」

諸葛攸身後的幾名武士立即衝了上去，將謝尚給控制住。其餘人看到謝尚被捕，剛挪動一下步子，便聽見「刷」地一聲響，便不敢再動彈。

諸葛攸抽出佩劍，嗔目怒吼道：「聖旨在此，你們誰敢亂動？還不快點將反將謝尚帶走！」

謝尚終於反應過來，下令喊道：「諸葛攸！本將軍平日待你不薄，你竟敢誣陷本將軍！本將軍剛剛收到信，你就闖了進來，這事大有蹊蹺，牙將們，快快給我斬殺諸葛攸，他假傳聖旨，論罪當誅！」

三個牙將聽到謝尚的反擊，也反應了過來，覺得事情果然很有蹊蹺，然而還沒有來得及抽出腰中佩劍，便已經被諸葛攸和其手下連連三劍將其刺死。

「看清楚了！這是貨真價實的聖旨！」諸葛攸提著血淋淋的劍，將左手中的聖旨突然打開，攤在謝尚面前，大聲道：「你還有何話說？」

謝尚仔細地看了一眼，見字體娟秀，龍飛鳳舞，確實是謝安親筆書寫，在右下角還蓋著天子印鑒。

他吃驚之餘，不禁叫道：「果然是聖旨！安石……安石怎麼會如此待我？我要面見丞相，面見天子，將此事來由向他說明，我是被陷害的！」

「恐怕沒那個機會了，聖旨上寫得清清楚楚，三日後問斬！」諸葛攸一臉陰笑道。

謝尚聽了，猶如晴天霹靂，不停地叫著「冤枉！」諸葛攸哪顧得了那麼多，直接將謝尚的嘴給堵上，讓士兵將其押入死牢。

「你火速出城，告訴城外漢商，就說事情已經解決了，請漢軍速來接收此城，事成之後，本將軍重重有賞！」諸葛攸在謝尚被押走後，對身邊的一位親隨小聲說道。

原來這一切都是唐一明的詭計，他知道諸葛攸被調到壽春，加上諸葛攸有意歸順漢國，便給他寫了一封信，告訴他怎麼做，然後許諾他事成後封他為淮南侯，並且讓關二牛有意將給謝尚的信送得遲一些，等到諸葛攸得到聖旨後再發，以迅雷不及掩耳之勢將謝尚逮捕，然後漢軍從泗水順流直下抵達淮南，兵不血刃地接收壽春。

壽春地處淮水南岸，南引汝、潁兩水，東連三吳富庶地區，北為中原腹地，西接陳、許，外有江湖為阻，內有淮、肥水利，地理位置重要，是南北交通要衝。對漢軍來說，如果能得到壽春，就能將自己的勢力推向到淮南一帶，從而逼退晉軍退守長江。

一天後，在邊荒的土地上出現了漢軍的影子，一萬漢軍騎兵和兩萬漢軍步兵正在急速奔行，而泗水中，數十艘中型戰船載著一萬海軍一路南下，四萬漢軍水陸並進，直取壽春要地。

所謂的邊荒，便是在淮水和泗水之間的那一大片縱橫數百里、佈滿廢墟荒村、仿如鬼域的荒棄土地，南方漢人稱之為「邊荒」。

這一帶也是整個東部最為荒涼的地方，漢軍不取，晉軍不敢佔有，就一直荒蕪著，經過幾年的時間，遂漸成邊荒。

荒涼的邊荒土地上，李國柱全身披甲，乘著風雪，帶著士兵馬不停蹄，騎兵在前急速奔跑，遠遠地將漢軍的步兵拋在後面，為的便是爭分奪秒，在壽春再次發生變故之時進行收取。

泗水中，新上任的海軍中校趙六，帶著海軍乘風破浪，在冰冷的水域裏橫衝直撞，一路向南，也是趕得十分匆忙。

與此同時，壽春城內，諸葛攸大肆用金銀收買各級將領，但有不從他意願的，便全部屠戮，一時間，壽春城內人心惶惶，士兵不敢不從。

作為平北將軍，諸葛攸是整個壽春城裏僅次於謝尚的一個，因為諸葛氏在壽春一帶頗有影響力，整個壽春城裏的一萬多士兵全部被諸葛攸控制。為了怕消息洩露，壽春城這一天都是城門四閉，沒有諸葛攸的命令，不准任何人進出。

城中地牢中，謝尚在牢房裏走來走去，越想越覺得奇怪，為什麼謝安會批覆這樣的旨意。他謝家能有今天的地位，謝安能當上丞相，謝尚功不可沒，如果沒有他手中的三萬兵馬，謝安又怎麼敢在桓溫一回到建康的時候便發動政變?!

「喂！小兄弟！等一下，你想賺錢嗎？」謝尚看見一個獄卒前來給他送飯，放下飯要走，急忙叫道。

所謂有錢能使鬼推磨，這話一點不假。那獄卒一聽見「錢」這個字，眼睛冒出綠光，轉過頭看了看穿著囚衣的謝尚，問道：「你有錢？」

謝尚一入牢房，身上的東西就全部被扒光了，他的家在建康，家人也全在建康，所以沒有殃及他的家人，也使得他被捕的消息無法傳遞出去，而他的親信在畏懼諸葛攸的淫威之下倒戈。他現在所能寄望的，只有遠在城外芍坡的一萬屯田軍隊，那裏才是他真正的實力。

他現在只能自救！

「有！我還有！」謝尚急忙道：「我一個堂堂的鎮東將軍，如何會沒有錢？只要你替我辦一件事，我就給你黃金五百兩，如何？」

「五百兩……黃金？」獄卒心中盤算著，他就算當上十輩子的獄卒，也絕對不會賺到這個數。

「嗯，五百兩，這只是一半，事成後，我再給你五百兩，一共是一千兩黃金，夠你一輩子的榮華富貴了。」謝尚見獄卒動心，趕緊趁勢加碼道。

人為財死，鳥為食亡。獄卒徹底動心了，眼睛裏冒出金色的光芒，閃閃發光地道：「好，你說讓我做什麼事？」

謝尚四周看了看，小聲道：「這裏還有其他人嗎？」

「將軍放心，他們都去逛窯子去了，這會兒不會回來！」獄卒老神在在地道。

「嗯，那就好。」

謝尚撕下囚衣的一角，咬破自己的手指，以最快的速度寫好一封血書，然後交給獄卒，吩咐道：「你帶著這封信出城，到芍坡，交給征虜將軍劉建，他看了，自然一目瞭然，你便可以從他那裏得到一千兩黃金，從此就可以逍遙自在的生活，再也不用當獄卒了。」

獄卒聽後，臉上卻立即變色，向後倒退兩步，不敢接住謝尚遞來的血書。

謝尚忙問：「怎麼？你害怕了？」

獄卒長嘆了口氣，道：「看來我是與這富貴無緣了，諸葛將軍已經將四門緊閉，任何人不得進出，我一個小小的獄卒，又怎麼能夠出城呢？」

「四門緊閉？諸葛攸想幹什麼？他想造反不成？」謝尚怒道：「既然如此，我也不勉強你了。那你可否不出城，替我將這封信傳達給一個人？」

「不出城或許還能傳達，不知道將軍讓我交給誰？」

「虎翼將軍高素！」

「高將軍？嗯……高將軍會給我錢嗎？」

「事成之後，你來我這裏領錢，黃金兩千兩！」謝尚怕獄卒再不肯，便狠心說道。

「好！」

獄卒終於下決心從謝尚手中接過那封血書，塞進懷裏，向謝尚拜了拜道：「將軍請放心，小的一定將信送到。」

「嗯，你現在就去，如果遲了，恐怕我的性命不保，你也只能在這裏做一輩子的獄卒了！」謝尚催促道。

獄卒不再多話，立馬轉身朝外走去。

第三章

將計就計

關二牛道：「不用前進了，晉軍已經在淮河沿岸設防，
諸葛攸被殺，壽春又重新回到了晉朝的懷抱。」
「你說什麼？」李國柱詫異地問道。
「謝安早就看破了大王的計策，將計就計，
除掉了反叛的諸葛攸。」

壽春城的城樓上，諸葛攸對地牢裏的事還一無所知，他站在高高的城牆上向北遠眺，看見白雪茫茫的大地上不見半個身影，心中默想道：「漢軍怎麼來得那麼慢？遲則生變，我冒著這麼大的危險，萬一……」

正在他思慮間，突然看見茫茫的雪原上出現一支赤色的騎兵隊伍，人數越來越多，在白色的雪原上顯得越發清晰。

「來了，太好了，終於來了！」諸葛攸興奮地手舞足蹈叫道：「快快打開城門！」

諸葛攸急忙下了城樓，騎著駿馬，帶著幾名親隨奔出城池，站在烈烈風中迎候著。

天氣雖然寒冷，他的心裏卻是暖烘烘的。一想到日後跟著漢王便可以大富大貴，他心中就十分開心。

不一會兒，漢軍約有兩千騎兵奔馳過來，領頭一人身披鋼甲，頭戴鋼盔，相貌極為英武。

領頭的人奔馳到諸葛攸身邊，便命令身後軍隊停下來。

諸葛攸趕忙飛奔近了上去，拱手道：「將軍可算是來了，我等你等得好辛苦啊。敢問將軍，如何稱呼？」

「你就是諸葛攸？」領頭的人反問。

諸葛攸回道：「正是在下，漢王也真是的，怎麼派一個不認識我的將軍前來呢！咦？不是說水陸大軍四萬嗎？怎麼才來了兩千人？」

「諸葛攸！」領頭的人突然一聲大喊。

諸葛攸臉上一怔，見領頭的人臉上浮現怒意，怔道：「將軍因何動怒？」

「奉詔殺賊！」那領頭的人突然拔出腰中佩劍，手起一劍便刺入諸葛攸的胸膛。

「你……你……」

諸葛攸一臉的驚恐與不解看著面前的人，手捂著傷口墜落於馬下，鮮血將地上的雪滲得殷紅一片。

「就讓你死個明白！本將並非漢將，乃是大晉龍驤將軍韓忠！奉丞相之命，在城外埋伏多日，等的就是今天！你可以瞑目了！」韓忠道。

「殺啊！」

壽春城中忽然喊殺聲高漲，謝尚領著幾員將軍，帶著晉軍衝了出來，剛馳出城外，便見諸葛攸倒在雪地裏奄奄一息，覺得十分的奇怪。

謝尚看了看對面的領軍將軍，竟然是韓忠，便停下部隊，策馬走到韓忠面前，問道：「你怎麼會穿著漢軍的衣服？這裏發生了什麼事？」

韓忠立刻翻身下馬，抱拳道：「末將韓忠，拜見將軍！末將奉丞相之命前來誅殺叛賊，這兩日委屈將軍了！」

「丞相？這到底是怎麼一回事？」謝尚一臉迷茫地問道。

韓忠指著諸葛攸，恨聲道：「諸葛攸這個逆賊，勾結漢國意圖謀反，將壽春城獻給漢軍。為了不至於發生大動亂，丞相只能出此計策，委屈了將軍，還請將軍恕罪！」

謝尚恍然大悟，這才知道自己原來被他的弟弟謝安當成了一顆棋子，不禁心有餘悸，如果諸葛攸夠聰明的話，就會直接殺了他，而不會只把他關押起來，那他的命也早沒了。

他不喜反怒，罵道：「謝安你個大渾蛋！看我回到建康怎麼收拾你！」

諸葛攸吐著血，在雪地裏用力掙扎著匍匐前進，還沒有爬出一米遠，便見一個將軍走到他身邊，提起長劍刺了數劍，將諸葛攸擊殺。

「狗東西！讓你還猖狂！」罵人的正是虎翼將軍高素。

「龍驤、虎翼，真我謝家真漢子也。」

謝尚口中雖然這樣說，但是對高素被諸葛攸重金收買還是不可原諒，心中未免有點不爽。

經歷過這件事之後，謝尚也覺得自己手下士兵對自己不夠忠心，便準備收拾一下這些有過反水記錄的將軍們。

「將軍，丞相吩咐，請將軍速速帶著大軍到淮河沿岸駐守，抵擋漢軍。」韓忠說道。

「漢軍？漢軍來了？」謝尚問道。

「據斥候來報，漢軍水陸四萬大軍正在邊荒一帶快速行進。如果將軍帶兵駐防，漢軍看到我晉軍有了準備，也就自然而然的退走了。另外，丞相吩咐，請將軍只管駐守，不要與漢軍開戰！」韓忠道。

謝尚罵道：「謝安石倒是運籌帷幄啊，也罷，有這樣的一個弟弟，我謝尚自然不敢比擬。高素，帶著軍隊跟我走。韓忠，你速去芍坡，調集劉建軍隊增援淮河沿岸！」

「諾！」

兩個時辰後的邊荒大地上。

李國柱帶著漢軍一萬騎兵還在不停的奔波，向前走了不到十里，便遇到一名快騎。那名快騎不是別人，正是關二牛。

「二牛？你怎麼不在河對岸？」李國柱看見關二牛，驚詫地道。

關二牛無奈地搖搖頭，道：「不用前進了，晉軍已經在淮河沿岸設防，諸葛攸被殺，壽春又重新回到了晉朝的懷抱。」

「你說什麼？怎麼會那麼快？」李國柱詫異地問道。

「都是諸葛攸自己不夠小心，該殺謝尚沒有殺，加上謝安早就看破了大王的計策，將計就計，除掉了反叛的諸葛攸。」

「唔……既然來了，不能白來！這邊荒之地，廣袤數百里，之前因為戰事緊張，沒有時間佔領，不如我們就此佔領此地，與晉軍隔河相望，以後兩家要是真的打起來了，我們直接就可以向晉軍進攻，也不必費那麼多事了。」

「這……大王的命令上沒有提到這一點啊？」

「大王沒有說，可是大王的心裏卻早惦記著呢，要不然又怎麼會動用水陸四萬大軍，還帶著大批糧草輜重呢？估計大王也猜測到計策被識破，只是想趁著這個機會佔領邊荒罷了。如果諸葛攸僥倖成功，就可以進佔淮南，如果失敗，也是晉朝內部動亂，想吸引謝安的視線罷了。」

「聽你這麼一說，倒像是真的有那麼點意思。好吧，我這就去通知趙六的海軍。只是，這邊荒一帶荒蕪多年，沒有城池，你們又如何屯駐？」

「哈哈哈，沒有城池我們可以建城池嘛，只要在這裏建造一座重鎮，與晉朝的淮南遙相呼應，形成對峙，那我們又何必守徐州、下邳兩地？只需守著這一處要地，便可以阻擋晉朝大軍。」

「怪不得大王會那麼放心留下你一個人鎮守徐州和下邳，真是讓我佩服了。李軍長，那我就告辭了。」

李國柱帶著大軍一路南奔，到了淮河北岸，並且將在此集結，立下營寨，與南岸的謝尚對峙。

半日後，趙六的海軍也開進了淮河，停靠在北岸，和李國柱一同固守淮河北岸，並且開始構築防地。

半個月後，消息傳到洛陽，唐一明聽後，覺得李國柱做得很對，便賜予中將軍銜，統領淮北周圍的四萬水陸大軍。

建康城裏。

丞相府中，謝安收到漢軍在邊荒淮北構築防線的消息，才覺得自己上了唐一明的大當。不過，好在他成功的擊殺諸葛攸，平滅了最後一個給漢國通風報信的奸細。

這兩年來，謝安一直致力於搜查晉朝內部的奸細，鐵腕當權，不畏權貴，並且做到張弛有度，有權而不濫用，每每都能秉公處理，所以深得各級官員和百姓的民心。晉朝司馬氏也對謝安格外厚寵，軍國大事一律咸決於他的手中。

「啟稟丞相，益州刺史桓沖求見！」

正在丞相府中批閱公文的謝安，聽到下人稟報，急忙停下手中的毛筆，抬起臉，喜悅地說道：「快讓他進來！」

「諾！」

不多時，只見一個二十七八歲的漢子走了進來。

漢子身著一身勁裝，只是沒有披甲戴盔。一踏入謝安所在的房間，便急忙拜道：「下官桓沖，拜見丞相大人！」

謝安踱著步子走到桓沖身邊，一把抓住桓沖的手，呵呵笑道：「買德郎親自到訪，倒讓寒舍蓬蓽生輝了，快請坐，請坐！」

桓沖字幼子，小名叫買德郎，謝安如此喊他，是謝安以兄長自居，對他的一種親切叫法，並非對其不敬。

桓沖方面大耳，輪廓粗獷，頗有強悍的男兒氣概。他是前大司馬桓溫之弟，也是桓家少有的出色人物，以武勇著稱，堪稱晉朝當世一流。

最可貴的，是他不勾心鬥角，不爭權奪利，對待下屬也十分的體恤，也為謝安所器重。所以桓溫倒臺之後，桓沖依然領著益州刺史，鎮西將軍，手下握著六萬精兵，鎮守巴蜀。

兩人坐下後，桓沖問道：「丞相大人，下官剛剛回京，丞相大人便立即召見，不知道所謂何事？」

謝安對待桓家人十分的寬容，桓溫倒臺，其罪只在他一人，除了桓溫因罪被賜死、他的家人被貶為庶民之外，桓溫的其餘兄弟族人一應沒有變動。

桓家人經過建康動亂，桓氏家族內，只有桓沖一人沒有禍及，其餘桓溫兄弟，或死於戰亂之中，或者被貶為庶民，遠遠地流放到了交州。謝安又竭力收降了桓溫舊部，請出了會稽王司馬昱，這才穩住了晉朝局勢。

「漢軍攻佔關中、涼州、西域的事，賢弟已經知道了吧？」謝安問道。

「嗯，下官在巴蜀的時候已經聽聞了，漢軍在短短的兩個月內滅秦、平涼，又用了半年時間收拾西域諸國，滅了烏孫，北擊匈奴、東討鮮卑拓跋部，勢力正盛，所向披靡，實在是有史以來最強悍的軍隊。」

「賢弟，如此一來，只怕天下就會形成南北對峙了。漢王野心勃勃，雄才大略，其心智、胸懷都非一般人所能比，他現在擁有廣大的土地，三面包圍燕國，不出三年，漢軍必然滅燕，一統北方，到時候，我們就會成為漢軍最大的敵人了。如今晉朝內部經過大司馬的動亂，人才凋零，會稽王雖然擔任大將軍，卻有名無實，而我大晉真正有能力的領兵大將，也只有賢弟一人了。賢弟，愚兄想……」

「鎮東將軍謝尚，丞相之兄長也，鎮守京口多年，智勇雙全，丞相何不拜謝將軍為大將軍？」桓沖聽出了謝安的意思，急忙拱手說道。

「家兄雖然領兵多年，但是諸葛攸一事便不難看出，家兄還是遜色許多，不足以出任大將軍，賢弟……」

「丞相之弟謝萬、謝石都是軍旅之大將，鎮守荊襄重地，百姓安居樂業，堪稱當世之名將。丞相之兄謝奕才情過人，雖然是個文士，如果委任於將軍，又怎知不會成為一軍之雄？丞相之侄謝玄，年少聰慧，有過人之資，也可委以重任，丞相只需稍加歷練，便可使其成為一代名將。丞相放著自家人才不舉薦，為何偏偏要將下官推向風口浪尖？」

謝安見桓沖所舉薦之人都是謝氏一族領袖群倫的傑出人物，他心裏清楚，大將軍這個職務，是所有當將軍的人所奢望的職位，統帥全國兵馬，指揮千軍萬馬決戰於臨機之間。他更清楚的是，不是桓沖沒能力做這個大將軍，而是他不想做。

桓溫倒臺之後，桓氏兄弟接連失勢，桓家在荊襄的軍隊，也盡數被謝安收服，除了鎮守益州的桓沖手中的六萬家底外，桓家人已經無所依靠了。桓沖是個聰明人，從不參與黨爭，也不結黨營私，手下六萬將士都是對他忠心耿耿、出生入死的真正精銳。

謝安微微地笑了笑，說道：「賢弟這是在逃避嗎？」

「下官不敢！只是大將軍一職，下官無論如何都不能做。」

「賢弟是害怕嗎？害怕我謝家人會對你有所怨言，害怕滿朝文武會抨擊賢弟是桓家人嗎？」

桓沖面無表情，坐在那裏，也不答話。

謝安清楚桓沖的擔心，便進一步說道：

「桓將軍，你是我大晉唯一一位能領得起這個職務的人。大司馬密謀廢帝，是愚兄在暗中策劃，使得大司馬功敗垂成，只是，錯只在大司馬一人，與桓氏無干，之後桓氏兄弟利欲熏心，開始蠱惑大司馬叛亂，愚兄眼見大晉將陷入危難之中，怎麼能不伸出手去解救？賢弟與其他桓氏不同，是真真正正的男子漢，大丈夫，所以愚兄才會敬重賢弟。賢弟年紀輕輕便擔任益州刺史，在巴蜀鎮守多年，平滅成漢之功，眾人皆歸功於大司馬，可是愚兄知道，若非賢弟帶兵奮力拼殺，成漢又怎麼能被滅掉？」

他說到這裏，頓了頓，看桓沖表情有些動搖，便繼續勸道：

「賢弟，唐一明從一個小小的泰山漢國發展成為中原的霸主，只用了短短幾年時間，眼看著漢軍日益強盛，愚兄的心裏也有如刀絞。大將軍一職乃是我大晉之根本，統帥全國兵馬，如果沒有一個真正的將才擔當此任，我大晉數年之後便將面臨滅亡的危險。愚兄請賢弟伸一下援手，幫助愚兄一把，齊心協力，共同抵禦漢軍的威脅，或許數年之後，我們還能和漢軍決一死戰！」

「丞相……漢軍強大，在於他們擁有先進武器，就算我軍再發展個十年、二十年，也絕對不是他們的對手。這場仗，從一開始就已經是輸的。下官在漢中時，曾經派人進關中打探過漢國對待百姓的消息，漢王確實是個為百姓著想的人，羌、氐、鮮卑以及西域各族盡皆臣服。丞相，恕下官說句犯死罪的話。司馬氏雖然為天子，可是天子當中，又有幾個人能如同漢王一般？晉朝之前是漢人，漢國之前是晉人，漢晉之間是骨肉相連、血脈一體的。如果我軍真的打不過漢軍，為什麼又要打？打了之後又能帶來什麼？還不是無休止的戰亂？還不如趁著漢王統一北方、向南開進的同時獻土歸降！」

「混賬東西！你身為晉臣，居然說出如此大逆不道的話來，該當何罪？」謝安忍著怒意聽完桓沖的話，等桓沖說完，立即大聲責備道。

「丞相，此次丞相將下官從益州召過來，下官便沒有想再回益州了，這是下官的肺腑之言，無論丞相如何處置下官，下官都毫無怨言。」桓沖站了起來，向謝安拜了拜道。

謝安漸漸平息了心中的怒氣，淡淡說道：「將軍，益州刺史你是做不成了，本府會派謝石接替你的刺史之位，你鎮西將軍的名位還予以保留，暫時留在京城聽用吧。只是，本府鄭重地告訴你，你是大晉的將軍，漢軍現在雖然是我們的盟友，以後卻不是，對於敵人，你這個做將軍的，不能有半點心慈手軟。你跟我來，我帶你去看一樣東西！」

桓沖跟著謝安，來到王府後院的一間密室內。

一推開密室的大門，桓沖便被眼前的景象所震驚了，支支吾吾地道：「丞相……這……這些……這些都是……」

謝安點點頭，解釋道：「不錯，這些都是漢軍所謂的大炮！」

「大炮……丞相，漢軍怎麼會將這些大炮賣給我們呢？」桓沖不解地問。

「有錢能使鬼推磨，這是我晉國的細作在漢國內冒著生命危險從兵工廠裏購進的，只可惜，這代價太大了，三百五十二人被殺啊。不過，有了這四門大炮，我晉軍就能仿製出更多的大炮來。我已經讓抱朴子化名天機道長，潛入燕國，幫助燕國人製造炸藥，如果漢軍向燕國開戰，必定會受到阻礙，可以起到削弱漢軍的作用，給我們晉朝爭取更多的時間來備戰。」

「抱朴子？」

「就是葛洪，他自號抱朴子，隱居於羅浮山，外人很少知道。是本府親自三次前去才請來的。他一下山，便窺探漢軍炸藥的製作方法，幫助我軍秘密製造了不少炸藥。現在我軍又有了大炮，等抱朴子回到晉朝後，就開始由他主持打造，也要像漢軍一樣裝備全軍！」

「這些……漢軍知道嗎？」

「兵工廠無故丟失了四門大炮，你認為身為兵工廠廠長的周雙會告訴唐一明嗎？」

「丞相，你帶我看這些東西，是為了……」

「不錯，我希望你再好好的考慮考慮，漢軍雖然強大，我軍也不弱。本府一直在積極備戰，期待與漢軍一戰，如果幾年後，大戰之後我軍仍然不敵，本府會親自獻土歸降！如果勝了，我大晉便可以乘勝追擊，光復舊都！」

桓沖聽後，心中熱血燃起，急忙說道：「為將者，當馳騁疆場，殺敵立功，建立蓋世功勳。當年赤壁大戰，孫劉聯軍一戰而天下三分，從而使得美周郎揚名天下。丞相說得不錯，我是晉人，不該有那種想法，桓沖不才，願帶領晉軍與漢軍決一死戰，如若勝了，就會留下千古英名，為後世敬仰，如不勝，也能在青史中彪炳留名。」

謝安聽了也是慷慨激揚，緊緊地抓住桓沖的手，緩緩說道：「桓將軍，真英雄也！」

「丞相運籌帷幄，桓沖不及丞相的深謀遠慮，剛才還……」

「事情都已經過去了，何況出你口，入我耳，外人又不得而知，桓將軍又何必掛在心上。桓將軍，謝某還有一事相求，希望桓將軍能夠應允！」

「丞相儘管吩咐便是！」

「謝某子侄中，只有謝玄一人堪當大任，謝某想請賢弟代為教導！」謝安道。

「丞相，這有何難，此等小事，下官必定會竭盡全力！」

「賢弟現在已經是大將軍了，與愚兄平起平坐，又何來高下之分呢？只要我們將相和，就一定能力挽狂瀾，保住這大晉江山。再好好的對天子循循善誘，加以敦促，陛下一定能夠成為一代明君！」謝安由衷說道。

「哈哈哈！」

談話間，桓沖和謝安之間的感情便更深了一步。

第四章

滅國之戰

漢軍佔領河內後，沒有向前開進，而是先安撫城中百姓，
準備步步為營，一點一點的蠶食燕軍領土。
鄴城內，大元帥慕容恪幾乎在同一時間接到了各地戰報，
他沒有看，因為他知道，
漢軍已經開始向燕國發起了滅國之戰。

晉穆帝永和十二年臘月末，年僅十四歲的晉穆帝司馬聃開始臨朝親政，晉朝大將軍司馬昱轉為大司空。大將軍一職由桓沖擔任，與丞相謝安和睦相處治理晉朝。

晉穆帝司馬聃將自己親政的這一年改為昇平元年，時年西元三五五年。

昇平元年春，正月初四。晉朝天子司馬聃第一次親自發佈聖旨，在丞相謝安的建議下，派遣使臣到漢國都城洛陽，與漢國解除了相互貿易的通商條例，並且將整個晉朝的邊境全部封鎖，開始了閉關鎖國的政策。

正月十八日，漢王唐一明從全國各地組建商隊，帶著大批東方的特產和物品跟隨波斯使臣尼沙魯前往西方，將商業轉向了西方強大的波斯帝國，並且重新打通了絲綢之路。

與此同時，唐一明嚴令各軍加強邊境防線，下令在全國實行募兵制，準備在兩年內徵募十萬軍隊，不限民族。

兩年的時間眨眼間便過去了，漢、晉、燕邊境十分的平靜，三國內部也都相對安定，這是有史以來整個古中國大地上第一次長時間的歐戰，沒有戰爭的日子裏，各國百姓都安居樂業的生活著。

對漢國來說，這兩年的時間簡直是突飛猛進，絲綢之路的重新開通，給沿途各國和漢國各郡帶來了無限商機。穩定的環境下，西方各國紛紛派遣商隊沿著絲綢之路到漢國來，雖然中間曾經出現過一次匈奴的搶掠行動，卻讓西平侯謝艾帶著大軍將匈奴擊退，並且追趕出千里，遠遠地將匈奴逐出了周邊地帶。

商業的發展也帶動了漢國內部的農業，一些從西方引進的水果、蔬菜、糧食在西北一帶得到廣泛種植。

唐一明更是提出大農業的發展戰略，將所有的農田集體化，連成一片，每一塊區域的種植作物都加以固定，加上水渠、道路和防洪水利的修建，使得昇平二年全國糧食得到了明顯提高。

同時，國家稅收也在這一年開始向全國徵收，解決了只靠商業發展的國家經濟命脈。鐵礦、煤礦、金礦、銀礦等國家持有的有色金屬得到大肆挖掘，對兵工廠製造武器裝備給予了極大的支持，使得新增的十萬軍隊，人人有兵器，有戰甲。

兩年間，漢國的新生兒多出十幾萬，就連唐一明自己也又多了四個孩子，兩男兩女，充實了漢國的人口。

昇平三年冬，十一月十五，洛陽。

「大王，這兩年來，我們漢國突飛猛進，實力雄厚，百姓也漸漸富庶，中原之地更是成為天下糧倉，就連關中、西北的涼州和河套一帶，也都成了糧食的主產區，實在可喜可賀。不過，臣有一事，還是有必要向大王稟明。」相國王猛坐在唐一明對面，一邊用筷子夾著小菜，一邊緩緩說道。

唐一明喝了一口從西域運來的葡萄酒，酒一入肚，便覺得十分爽口，他放下酒杯，道：「這裏沒有外人，你我兄弟，有什麼話儘管說。」

「大王，我軍與燕軍簽訂的停戰協議就要到了，等春節一過，協議就會自動廢除，這兩年來，我們給予燕國極大的發展時間。據常煒提供的消息，慕容恪這兩年一直在秘密訓練一支軍隊，而且在燕國境內又徵集了二十萬的軍隊，並且秘密調集六萬軍隊前往薊城。這些小動作，大王不可不防啊。」

「嗯，自從晉朝停止了和我國的通商以來，加上晉朝邊境防守嚴密，偵察兵也混不進去，使得晉朝內部的一切行動，我們都不清楚。如今燕軍內部有常煒這條內線，實在是我軍之福。等到平定了燕國，本王一定要重重地賞賜常煒一番。軍師所說之事，我早已知曉，從去年開始，燕軍就不斷向東北增兵，黃大和柳震的奏報上也寫得很明確。慕容恪此舉，無非是想進行對東北一帶的反攻。我已經命令黃大和柳震，讓他們嚴加防範，同時也派去東萊三萬海軍前往支援。」

「大王，我軍三面包圍燕國，是不是春節一過就全面進攻？各地的將領們都已經蠢蠢欲動了，這次滅燕對各軍的將軍們來說是個立大功的機會。」

「滅燕是一定的，我在去年就已經佈置好了。傅彥、趙乾守在河套，謝艾、苻堅、呂光在西域和塞外的草原上也安置好，只要本王一聲令下，傅彥、趙乾攻擊並州、謝艾他們就會帶兵東進，從塞外直入燕國境內，然後攻擊長城內的燕軍，我們則北渡黃河，直取鄴都！」

「大王深謀遠慮，屬下佩服。不過，大王，這次滅燕之戰，大王還是親自率軍出擊嗎？」

「呵呵，軍師是想代替我出征？」

「大王，臣自跟隨大王以來，雖有軍師之名，卻未有軍師之實，此次滅燕，臣想與慕容恪較量一番，也算了卻臣的一樁心事。」

「嗯，我可以讓你出征。我軍四面夾擊，東北是重中之重，加上慕容恪在東北屯駐了大批軍隊，頗有想吞併東北之勢。東北的軍隊只有八萬，雖然得到了兩年發展，民心卻不夠穩定。軍師，你想不想去東北？」

「多謝大王，臣願意前往！」

「好，此時離停戰協議的到期之日還有一個半月，軍師可明日到東萊，率領三萬海軍支援東北，並且，由軍師全權指揮東北軍隊，我期待著和軍師在燕國境內會師！」

「多謝大王！」

十一月二十六日，漢國軍師王猛率領三萬海軍，帶著大批武器彈藥開赴東北戰場。王猛走後，唐一明讓李國柱、關二牛嚴守中原，自己則積極朝黃河沿岸增兵，並且通令各地軍隊，於正月初一開始向漢國發起全面總攻。

北方呼嘯，雪花飄飄，昇平四年正月初一，四十萬漢軍兵分四路向燕國正式宣戰。

唐一明領著十萬水陸大軍從司隸的孟津出發，他先讓三萬海軍用炮艦轟擊黃河北岸的燕國渡口，再徹底驅散燕軍之後，便率領七萬大軍開始登陸，迅速地搶佔了河內郡的野王。

戰端開啟，百姓慌亂，河內郡城裏的燕軍都十分惶恐，這裏的士兵不足六千人，大多都是從野王敗退回來的，面對漢軍強大的攻勢，燕軍的人馬顯得力不從心，燕軍守將竟然帶著六千騎兵向北逃竄，將河內城拱手讓給了漢軍。

漢軍佔領河內後，沒有向前開進，而是先安撫城中百姓，準備步步為營，一點一點的蠶食燕軍領土。

鄴城內，大元帥慕容恪幾乎在同一時間接到了各地戰報，他沒有看，因為他知道，漢軍已經開始向燕國發起了滅國之戰。

「大元帥，漢軍四面夾擊，並州、塞外的雲中郡紛紛告急，漢王唐一明率領十萬大軍佔領了河內，而吳王率領的精銳部隊雖然是主動出擊，卻遭到漢軍的頑強抵抗，正在相持階段。鄴城周圍兵馬只有十萬，如果並州失守，漢軍再從塞外突破長城防線，那鄴城就會被三面夾擊。大將軍，不如將都城暫時遷徙到薊城，將全軍彙集在東北，緊守各處，尚能和漢軍一戰。」陽鶩一臉陰鬱地說道。

慕容恪拍了拍陽鶩的肩膀，處變不驚地道：「放心，一切我都安排好了，並州和河內一帶，本帥本來就沒有安排多少兵力，以退為進，未必不是一種取勝的辦法。」

「大元帥，你已經有了破敵之策？」陽鶩好奇地問道。

慕容恪點點頭道：「我軍裝備上雖然不及漢軍，但是也不能就此退卻，本帥秘密打造了一支新軍，正是為了對付漢軍之用；只要能在戰爭中擒獲漢王唐一明，這場戰爭就等於結束了，還可以就此要脅漢軍！」

「新……新軍？大元帥，燕國現在兵馬三十萬，十五萬在薊城、遼西一帶，十萬在鄴城周圍，三萬在並州，其餘分散在各地，並沒有聽說有什麼新軍啊？」

「呵呵，陽老，這件事除了我、孫希知道外，其餘人都不曾參與，所以你不知情是正常的。」

「孫希？難怪這兩年很少看見他，大元帥，唐一明將大軍屯駐在河內，似乎並不急著進攻，他一定是想步步為營，一步一步的蠶食我國。大元帥，如果唐一明長驅直入，沿途郡縣的兵力一定無法阻擋，不如我軍主動出擊，與唐一明決戰！」

「嗯，我正有此意。我已經命令各軍全部集結在鄴城。不過，我走之後，還請陽老留守鄴城，等待我軍消息！」

「放心吧，大元帥！」

河內郡城中。

唐一明剛剛還在城中視察百姓，便接到偵察兵慕容恪出兵的消息。他急忙回到太守府，召集眾將，朗聲道：

「慕容恪此次前來，是找我軍決戰來了，河內一帶地勢不夠開闊，我軍必須向北行進一百里，在平原上和燕軍進行決戰。」

「大王，臣聽說慕容恪此次帶來三萬新軍，這支新軍是慕容恪親自訓練的，一直沒有派上用場，此次打來，我軍其中三萬是海軍，仍然停泊在黃河中，無法上岸作戰，如此一來，兵力上就稍微有了點弱勢。」姚萇急忙說道。

「本王之前打了不知道多少仗，均是以少勝多，還會怕慕容恪不成？不過，海軍也不能閒著！袁諾，你帶海軍順著黃河行走，沿途只要看見燕軍所駐守的渡口，就給我猛烈轟擊，然後進入渤海，在渤海郡登陸，以一個團為單位，不停地騷擾鄴城背後，鬧得越大越好。必要時，不妨殺點鮮卑百姓，但是不能太過火！」

「是！」袁諾答道。

「好，現在各部召集兵馬，留下五千守城，其餘都跟我走，這次我們要和燕軍決一死戰！」唐一明眼裏露出一絲殺機。

一天後，唐一明帶著六萬五千漢軍到達河內郡西北部一百里，在平原上紮下營寨，專候慕容恪的燕國大軍到來。

白茫茫的雪原上，漢軍士兵嚴陣以待，開闊的地上，十幾隊漢軍的偵察兵往來不斷，將燕軍的動向隨時報告給唐一明。

中軍主帳中，當最後一個偵察兵回來報告後，唐一明便笑了起來，擺擺手，斥退了左右，說道：

「本來以為慕容恪會親自到東北指揮戰鬥，沒想到軍師想與慕容恪決戰，卻成了我和慕容恪的決戰。眼下慕容恪在八十里外紮下營寨，看來明日就可以進行決戰了。」

「來人啊！」

「大王有何吩咐？」

「將拓拔雷、拓跋虎、拓跋運三人給我叫到主帳來！」

不一會兒，只見三個鮮卑族的大漢同時進入大帳，向唐一明拜道：「參見大王！」

「自從你們拓跋部歸附漢國以來，本王待你們如何？」

「大王待我等部族十分優厚，我等感激不盡！」三個人齊聲說道。

「嗯，如今你們的仇人就在八十里之外，當年慕容恪率領大軍滅掉代國，慕容垂殺了你們的父親，並且將你們趕到漠北，這些仇恨，你們不應該會忘記吧？」

「殺父之仇，不共戴天，滅國之恨，此生不忘！」三人同時答道。

「好！本王雖然之前將你們逼降，但是本王待你們十分優厚，本王捫心自問，這幾年來絕對沒有虧待你們，不但保留了你們部族的建制，還將河套一帶的地方重新交到你們手中，讓你們在那裏繁衍生息。俗話說，滴水之恩當湧泉相報，何況當時你們也承諾過本王，永不背離，本王答應過你們，讓你們手刃仇人。如今慕容恪就在八十里外的大營裏，本王想請你們鮮卑拓跋部的一萬勇士當先鋒，去試一試燕國新軍的實力，你們可願意？」

拓拔雷大聲叫道：「大王放心，我等以死效忠大王，有什麼不願意的！何況殺的又是仇人，我等自然不會退縮！」

「很好。不過慕容恪非比常人，你們三個出去後，便將部隊分成三隊，每人領一隊，從不同的方向發動攻擊，燕軍的大營分為五座，前後左右中，每座大營屯駐兩萬燕軍，我要你們圍著圈打，只在外圍騷擾，不攻營寨，我倒要看看，燕國的新軍是在那一座營寨，又是個什麼樣子！」

「末將遵命！」

「本王之所以讓你們去，是因為你們都是馬上的健兒，騎射功夫優於其他騎兵，羌騎只有三千，不足以完成此項任務，所以本王就只能靠你們這一萬鮮卑勇士了！」

拓拔雷拍拍胸脯道：「大王放心，我等現在就去點齊兵馬！」

「嗯，去吧，入夜後再行動！」

等拓拔雷三人離開大帳後，唐一明又叫來陶豹和姚萇。

唐一明對姚萇道：「姚萇，當年羌騎在平定秦國的時候受到重創，只留下少數幾千人，我知道你在濟北這兩年苦苦訓練了這三千勇士，使他們成為一支勁旅。我叫你過來，就是想讓你的三千羌騎上陣，你可捨得？」

「有什麼捨不得的，臣練兵就是為了日後能上戰場，不至於死那麼多人。這支羌騎雖然人少，可是實力一點不亞於陶豹的騎兵，大王有什麼任務吩咐便是，就算臣這次戰死了，也在所不惜！」

「俺的騎兵一點都不差，俺訓練出來的都是一流的騎兵，你的羌騎敢和俺的比試比試嗎？」陶豹一聽到這話，便不滿地抗議道。

「有何不敢！」姚萇立即還嘴道。

「好了好了，你們瞎吵什麼？現在就有比試的機會，燕軍在八十里外紮營，明顯是知道我們在這裏立下營寨，我已經讓鮮卑拓跋部的一萬騎兵進行夜襲了，這次叫你們來，就是想讓你們一起參與。與其自己人比試，不如用殺敵的數量來決定。你們今夜各自領三千騎兵，埋伏在五十里外的那片樹林裏，如果燕軍追擊鮮卑拓跋部的騎兵，你們就在此攔截，保障鮮卑拓跋部的成功撤退。」

「那如果燕軍不追擊呢？」陶豹問道。

「那就等明日白天決戰的時候再比試！你們都清楚自己的命令了吧？」

「清楚了！」

「很好，那就行動吧，去召集你們的三千勇士，入夜後，等鮮卑拓跋部全部離開後，你們等半個時辰再出發！」

唐一明擺擺手，示意陶豹和姚萇出帳，自己則盯著地圖，喃喃地道：「慕容恪，你的新軍到底是什麼樣子？」

第五章

強勁對手

自從十五歲獨自領兵，慕容恪便逐漸成為大燕國的支柱，
一個戰神式的人物，指揮千軍萬馬，
擊敗一個又一個強勁的對手，可是，當時空扭轉，
在不該出現的時代裏迎來另外一個人的時候，
他的聰明智慧似乎早已被看穿。

入夜後，拓拔雷兄弟三個人便帶著大軍離開了營寨，陶豹、姚萇各引三千騎兵，隨後也出了營寨。唐一明目送他們離開消失在黑暗中，心中隱隱有點擔心。

拓拔雷三兄弟領著一萬騎兵部隊，在離燕軍不到十里的地方停下。

「大哥，我們就在此分開吧！」拓跋虎看了遠處燈火通明的燕軍營寨，扭頭說道。

拓拔雷點點頭，道：「七弟、九弟，你們分兩路，各帶三千五百人繞到燕軍營寨的左右兩翼，我帶著剩下的人繞到燕軍背後，誰先到誰就開始進攻，咱們一起對燕軍營寨發動突襲。」

「大哥放心！七哥，你去左邊還是右邊？」拓跋運問道。

拓跋虎道：「哪邊都一樣，反正是圍著圈子轉！」

「好了，就此分開吧！」拓拔雷下令道。

兄弟三人便將軍隊分成三分，各自帶著人馬離開，朝不同的地點馳去。

拓跋氏三兄弟自從代國被滅，代王被殺後，便帶著自己將近十萬的族人遷徙漠北，躲避同為鮮卑人的慕容氏的攻擊。三年前，漢軍遠征西域，在消滅西域諸國和烏孫之後，又北擊了匈奴，在東進鮮卑時，三兄弟主動投降，得到唐一明的優待，又帶著十萬部族重新回到原來的屬地，在河套一代的朔方郡定居，並且繁衍生息。

去年年底，他們知道漢王將要攻擊燕國，便帶著僅有的一萬鮮卑勇士到洛陽聽用，也是想一雪前恥，為他們的父親報仇雪恨。

三人分開後，拓跋虎首先轉到距離燕軍十里外的左側，將部隊停在一個小樹林裏，然後轉身高聲道：

「你們都是我鮮卑拓跋氏的勇士，當年的滅國之痛猶在，慕容氏是怎麼對待我們拓跋氏的，他們背信棄義，殘殺我們族人，現在，我們的仇人就在十里之外，他們逍遙自在的喝酒吃肉，卻讓我們過上悲慘的生活，若非漢王又將河套之地還給我們，我們還在大漠中為溫飽發愁！為了我們自己，也為了漢王，你們今天都要拿出自己的力量來，隨我一起對燕軍的營寨發動突襲，用你們手中的弓箭射穿仇人的胸膛，用你們的馬蹄踐踏仇人的屍體！」

「啊嗚！啊嗚！啊嗚！」勇士們叫出了振奮人心的口號，各個將手中的弓箭高高舉起！

拓跋虎掉轉馬頭，下令道：「進攻！」一聲令下，勇士們策馬而出，在白茫茫的雪地上快速地向前狂奔。

燕軍大營的中軍主帳中，一個斥候進入大帳，跪地拜道：「啟稟大元帥，在營寨外發現部分漢軍騎兵，似乎是歸順漢軍的拓跋部！」

「哦？有多少人？」慕容恪急忙問道。

「大約一萬人！」

「哈！一萬人就想襲擊我軍營地？當年沒有全殲這夥餘孽，留下了禍害，居然跑去幫助漢人了！大元帥，末將願意帶五千騎兵將他們斬殺！」站在大帳中的左將軍慕容塵叫道。

「不急，這一萬人可不是來偷襲營寨，而是來騷擾我軍的。估計是唐一明想試試我大燕新軍的實力，所以才出此下策。」慕容恪冷靜地道。

慕容塵詫異道：「新軍？我大燕軍隊中並沒有看見如何裝備奇

異的軍隊啊，到底是哪裡來的新軍？」

「大元帥，我也聽說了，大元帥秘密訓練了新軍，可是孫希手下的那三萬兵馬我也看見了，並沒有覺得有任何異常啊，和我們都一樣，到底新在哪裡？」右將軍慕容仙問道。

「多話！大元帥，如今漢軍既然安排騷擾，我軍也不可不備！」一人出聲道。

慕容恪看了一眼說話那人，見是前將軍慕容德，便呵呵笑道：「還是你知道我的心意啊，慕容塵、慕容仙，你們兩個各自回營，緊守東、北兩個營寨，孫希在西側大營，這些拓跋部的人不敢從正面進攻。你們只管緊守，不許出戰，用箭矢伺候他們就是了。」

慕容塵、慕容仙「諾」了一聲，便走出營帳。

慕容恪走到慕容德身邊，緊緊地握住他的手，道：「七弟啊，這些年來委屈你了。」

慕容德搖搖頭，道：「大元帥說的是哪裡話？若非大元帥從小就將我保護得好好的，我又怎麼能活到現在?!」

慕容恪的父親慕容皝生有七子、三女，只是世人知道的只有五子一女，另外兩子兩女則不為人知，除了慕容恪、慕容垂和他們的父親外，就再也沒有人知道他們的下落。

當年薊城中發生了一場大火，大火之後，慕容皝的兩兒兩女和他的一位夫人便不見了蹤跡。這也成為大燕國裏的一件奇案。

其實二十多年來，他們一直被慕容恪藏在自己家中，活得好好的，為的就是躲避慕容儁的迫害。

如今，慕容儁已離開塵世，慕容德和他的兄長慕容納以及兩個慕容氏的公主，也就自然而然的浮出了水面，並且在慕容恪的安排下在軍中擔任要職。

慕容恪道：「七弟，如今國難當頭，我慕容氏就要面臨滅國之危，軍中所能依賴的，也只有你們這些兄弟了。五弟、六弟在東北作戰，你就和我守好鄴都，咱們兄弟一起將大燕國的大梁給挑起來！」

慕容德沉靜片刻，忽然問道：「四哥，我有一件事，不知道當說不當說！」

「我們兄弟間還有什麼需要隱瞞的事嗎？你但說無妨！」

「四哥……我聽聞漢王唐一明的軍隊十分厲害，如果這次我們沒有打敗漢軍，那我慕容氏又該何去何從？」

「哎！七弟，你且回去吧，回到前軍，緊守營寨，一旦遇到漢軍騷擾，只管放箭就行！」

慕容德見慕容恪沒有回答他的話，只是重重地嘆了口氣，也不再追問，向慕容恪拜了拜，便轉身離開。

慕容恪看到慕容德離開的背影，將其他人也一併趕出營寨，獨剩自己落寞地坐在床上，顯得很是傷感。

燕國連年的征戰，使得以慕容氏為主題的鮮卑人人才凋零，一個個慕容氏的父兄子侄們都盡皆遠去，加上戰亂頻繁不斷，使得燕國所佔領的地盤上人口急劇減少，這些都是大燕的痛。

慕容恪的心裏跟明鏡一樣，慕容評、慕容軍雖然老謀深算，但是畢竟已經老了，慕容垂、慕容德、慕容納、慕容塵、慕容仙、慕容龍等雖是一代英豪，可惜生不逢時，遇到像唐一明這樣的對手。

他知道漢軍船堅炮利，可是如果不抵抗，那慕容氏幾代人的心血就通通白費了，慕容氏也會變成階下之囚、亡國之奴。然而抵抗，燕軍的實力又不如漢軍，就算能夠僥倖戰勝，也是傷亡慘重，無法抵擋漢軍的第二輪進攻。

慕容恪的腦海中一直浮現著剛才慕容德問的那個問題：「如果這次我們沒有打敗漢軍，那我慕容氏又該何去何從？」

這個問題，慕容恪從來沒有想過。自從十五歲獨自領兵，他便逐漸成為大燕國的支柱，一個戰神式的人物，運籌帷幄、指揮千軍萬馬，擊敗一個又一個強勁的對手，使他成為各國都懼怕的厲害人物。可是，當時空扭轉，在不該出現的時代裏迎來另外一個人的時候，他的聰明智慧在那個人的眼裏，似乎早已被看穿，甚至連他這個人都被那個人一眼看穿。

他靜靜地坐在營帳中，思索著可能敗後的結果，他該如何讓慕容氏繼續生存下去。

良久，他終於面無表情地說道：「那個從泰山裏走出來的人，怎麼會那麼厲害，泰山裏到底藏著什麼？」

忽然，喊殺聲震天，營寨周圍傳來無數聲慘叫，夾雜著人的叫喊，馬匹的嘶鳴聲，鑼鼓的敲打聲，號角的嗚咽聲，都在同時間內響了起來。

「大元帥，漢軍襲營了！」一個都尉急忙前來報告。

慕容恪擺擺手，淡淡說道：「知道了，下去吧！」

都尉不解地走開了，對於慕容恪的異常鎮定很是不解。

嘈雜聲大約持續了一個多時辰，四營都被驚動了，慕容恪卻獨自一人坐在大帳中，若無其事的捧起一本兵書，老神在在地念道：

「兵者，詭道也！……」

又過了將近半個時辰，只見慕容德從帳外走了進來，歡喜地說道：「大元帥，來犯之敵全部擊退，大約擊斃敵人六千多人，尚餘三千多人，慕容塵已經帶領大軍追擊去了！」

「窮寇莫追！快去把慕容塵給我叫回來！」慕容恪語氣平緩地說道。

慕容德聽了，急忙跑出軍營，帶著一百親隨追了出去。

離燕軍大營三十里外的樹林裏，陶豹帶著三千騎兵，人人手中握著一桿長戟，披著厚重的戰甲等候在那裏。他的臉上早已經被冷風吹得鐵青，雙手也在寒冷的夜裏被吹得麻木，他緊緊地握著手中的長戟，卻感受不到一絲的溫度。

「軍長，都這個時候了，那些鮮卑人怎麼還不回來？」一個士兵隨口問道。

陶豹扭過臉，他能夠感受到這個士兵正在哆嗦地發抖，便關心地問道：「冷嗎？」

那士兵先是點了點頭，隨即又搖搖頭，道：「不冷！」

「不冷才怪！你他娘的沒說實話！俺都冷得不行了，我就不信你們都不冷！奶奶的，那些該死的鮮卑人，辦事效率怎麼那麼低？再這樣下去，俺都要凍僵了！」陶豹突然大咧咧地罵道。

士兵們聽到陶豹的罵聲，紛紛笑了起來。

「笑什麼？別笑了！都下馬活動活動，暖暖身子，要不然待會兒殺敵的時候會沒有力氣！」

「是！」

士兵們紛紛下馬，原地踏步，隨身舞動，身上漸漸地感到了一絲溫度。

不多時，士兵們活動手腳之後，恢復了溫暖，便在陶豹的一聲令下翻身上馬。

「弟兄們，這次要是遇到那些燕狗，你們就給俺好好的殺，對面的那三千羌騎對咱們不服氣，說他們能強過咱們。你們說，咱們真的就不如那些羌人嗎？」陶豹大喊道。

「我們是最強的！」三千騎兵異口同聲地喊道。

陶豹滿意地點了點頭，吼道：「你們身為大王的嫡系部隊，就應該拿出嫡系部隊的樣子來，千萬不能輸給那些羌人，一定要奮力拼殺，殺得越多越好，殺得那些燕狗鬼哭狼嚎的，殺得他們一見到我們就怕，殺得……總之就給俺用力殺，手下不要留情！」

「諾！」

「好！都給我打起精神來，一會兒咱們就上陣殺敵！」陶豹鼓舞道。

話音剛落，眾人便聽見一陣急促的馬蹄聲，從遠處漸漸逼近。

此時，從夜色中駛來一個偵察兵，一見到陶豹，便急忙報告道：「軍長，拓跋部回來了，損失了六千多人，拓跋氏的三兄弟正在朝回趕，燕國的左將軍慕容塵正帶著一萬騎兵追擊而來！」

「太好了！奶奶的，那些該死的燕狗來得正好，這次俺要斬了慕容麈，讓他有來無回！兄弟們，都準備好，等拓跋部的人一通過，就隨我殺出去！」陶豹大叫道。

士兵們都紛紛摩拳擦掌，握緊手中的槍，期待著與燕軍的這場戰鬥。

在陶豹軍隊對面約有四里的樹林裏，姚萇率領著三千羌騎正焦急地等待著，見一個羌軍哨騎前來彙報，姚萇臉上一喜，大聲喊道：「兄弟們，立功的時候到了，跟我來！」

三千羌騎跟隨著姚萇從樹林裏朝北緩行，為了不驚動對面陶豹的軍隊，所有的騎兵嘴裏都銜著一根荒草，就連座下的戰馬也都帶著馬籠頭。

三千羌騎剛走出不到一里，便聽到鼎沸的人聲，遠處更是有著點點火光，越來越清晰，越聚越多。

「就停在這裏，立即發動突襲，斬殺燕狗！」姚萇大聲叫道。

三千多雜亂的鮮卑拓跋部士兵剛剛經過，後面舉著火把追來的萬餘騎燕軍便直接從姚萇的眼前衝了過去。

「殺！」

隨著一聲高叫，姚萇和三千騎兵率先衝了出來，從樹林中紛紛殺出，讓追擊的燕軍措手不及。

慕容塵正領著前軍追擊，突然見到一批騎兵從樹林中攻擊而出，大吃一驚，急忙掉頭回殺，指揮若定。

喊殺聲傳到陶豹的耳朵裏，見燕軍在不足他埋伏點的一里處遭到襲擊，不禁大叫道：「不好！姚萇那老小子耍陰，先行襲擊了！兄弟們，咱們不能落後，跟我衝出去！」

於是，三千騎兵從道路的左側的樹林中一哄而出，叫喊著舉著手中的長戟，和燕軍廝殺在一起。

拓跋氏三兄弟正帶著騎兵快速狂奔，忽然聽見背後一片嘈雜，回頭望見不知道從哪裡殺出的漢軍截住了追擊的燕軍。拓拔雷哈哈一笑，道：「是大王安排下的人馬，我們再殺回去，替死去的族人報仇！」

三千多鮮卑拓跋部敗軍突然士氣大振，紛紛掉轉馬頭，彎弓射箭，將手中的箭矢射了出去。

慕容麈突遭三方夾擊，感到頗為吃力，追擊的一萬騎兵堵在這不足五里的道路上，頓時陷入了混亂。

「不要亂！不要亂！穩住！穩住！邊戰邊退！」

慕容麈一邊斬殺羌人，一邊大聲喊道。

突然，慕容麈面前寒光一閃，姚萇舉刀從慕容麈的面前砍來，他躲閃不及，被一刀砍到了肩上，「啊」的一聲大叫後，被砍中的右臂突然失去知覺，手中握著的長槍頓時掉在雪地上，鮮血也順著他的手臂向下流淌。

「拿命來！」

姚萇舉著彎刀又補上了一刀，奮力一擊，將慕容麈的頭顱砍掉，脖頸上不斷噴出鮮血，染紅了姚萇身上的戰甲。

慕容麈一死，大軍慌亂不已、燕軍士氣大減，加上三方夾擊，致使燕軍節節後退！

將是兵膽，燕軍那邊大將一死，士氣低落，漢軍這邊，陶豹殺得燕軍人仰馬翻，姚萇又斬了敵將，羌騎士氣大振，加上拓跋氏三兄弟的奮力拼殺，反將燕軍給殺了回去。

慕容德帶著一百騎兵追了出來，遠遠看到前方道路上一陣混亂，燕軍士兵不住後退，他已然知道中了埋伏，當即帶著一百親隨馳入亂軍之中，大叫道：「全軍聽我號令，十人一排，且戰且退，不可慌亂！」

燕軍見慕容德來了，便按照他的指揮，每十人結成一排，且戰且退，算是暫時穩住了混亂的陣腳。

陶豹、姚萇、拓跋氏三兄弟殺得興起，忽然見到後面的道路上又馳來不少大軍，便不再追趕，掉轉馬頭，朝漢軍營寨奔馳而去。姚萇將慕容塵的人頭拴在馬項上，心情十分愉快地回去了。

天色微明，經過一夜的戰鬥，陶豹、姚萇、拓拔雷、拓跋虎、拓跋運五個人帶著不到七千人的騎兵部隊回來了，身上全部都是激戰時留下的血污。

漢軍的大營外面，唐一明帶著一隊人親自迎接，看到回來的人才六千多人，心中也有點失落，這一夜讓漢軍死傷了近萬人。

姚萇面帶春風，揚揚得意，一見到唐一明便快馬加鞭，將拴在馬項上的慕容塵的人頭給提了下來，翻身下馬，徑直走到唐一明的身邊，拜道：「大王，末將斬下了敵軍左將軍慕容塵的腦袋！」

唐一明還來不及讚賞，便聽見陶豹在後面大大咧咧道：「不守信義，即使斬將立功也不算數！」

「呵呵，幹得不錯，一個慕容塵死了，確實對得起咱們戰死的那麼兄弟們了。如此一來，燕軍就又少了一個將軍。」唐一明拍了拍姚萇的肩膀，笑道。

唐一明向後看了一眼，見陶豹、拓拔雷、拓跋虎、拓跋運圍了過來，問道：「拓拔雷，燕軍新軍戰力如何？」

拓拔雷扭曲著臉，嘆了口氣，道：「大王，我們兄弟三人按照大王的吩咐，環繞燕軍大營一周，一邊跑一邊打，燕軍大營裏除了射出箭矢來，除此之外什麼都沒有見到。」

「燕軍沒有出擊？」唐一明急忙問道。

拓拔雷道：「燕軍一直緊守大營，直到我們撤退的時候，慕容塵才帶著兵馬追了出來。所謂的新軍，根本沒有見到影子。」

「唔……看來慕容恪是有意地保存實力，不想讓我們知道他的新軍是個什麼樣子！」唐一明有點失望地說道：「好了，你們都累一天了，都去休息休息，明天我們再去與燕軍決戰。」

「大王，如果燕軍主動來攻擊怎麼辦？」姚萇問道。

「放心，燕軍剛剛喪失大將，又遭到一夜騷擾，至少也要休息一天。好了，都去休息吧。傷兵送到軍醫那裏治傷，另外，將戰死的士兵名單列出來，等滅了燕國之後，進行統一撫恤。」唐一明吩咐道。

燕軍大營裏，慕容恪對於損失了一員大將還有所心痛，因為越是在這個時候，越是用人的時候，慕容塵雖然說不上特別傑出，但是好歹也是一員大將，如今慘遭喪命，也讓慕容恪惋惜不已。

「大元帥！」慕容德走進中軍主帳，向著傷感的慕容恪拜了一拜。

「七弟啊？你來得正好，結果統計出來了嗎？」慕容恪抬頭看到慕容德，淡淡地問道。

「統計出來了，昨夜一戰，我軍一共戰死六千五百一二人，受傷六百八十人，不過，我們也殲敵九千零四十二人。」慕容德報告道。

「雖勝猶敗，慕容塵死了，我大燕又少了一員大將。」慕容恪輕輕地嘆了口氣。

「大元帥，據斥候來報，並州……並州、雲中都已經失守了，傅彥帶著十萬漢軍猛攻並州，慕容軍抵擋不住，只能退守壺關。漢軍謝艾帶著氐人苻堅、呂光等攻克了雲中，正在塞外進攻其他部族，恐怕長城以北不再屬於我大燕所有。」慕容德緩緩說道。

「啪！」

慕容恪猛地拍了一下桌案，大怒道：「傅彥這個叛徒！」

「大元帥……壺關……壺關也失守了，慕容軍正帶著殘軍三千向大元帥這裏靠近，整個並州已經沒有我大燕國的立足之地了。」慕容德吞吞吐吐地道。

慕容恪臉上一怔，急忙問道：「東北方可有消息？」

「暫時沒有！」

「沒有消息無非是兩種可能，一是五弟攻破了漢軍防線，再者是五弟被漢軍包圍，這短短的半個月時間，漢軍如何進展得如此神速？」

「大元帥，你別忘記了，漢軍的大炮威力無窮，大元帥雖然訓練了三萬新軍，但是與全部裝備上大炮的漢軍比起來，還是要遜色許多。」

「傳我軍令，全軍撤退，固守鄴城！」

「撤退？大元帥，真的要撤退嗎？」

「撤！傅彥擅長偷襲，他既然奪下了壺關，難保他不會率軍進攻鄴城，如今鄴城中只有三萬兵馬，如果他將鄴城包圍，並且一舉攻克，我軍就會陷入腹背受敵。撤！」

「諾！」

第六章

密謀行動

「嗯，你親自去各個將軍、大人府上走動一下，
切莫讓人發現，否則只怕鄴城數萬條生命都會受到牽連。」
常煒慎重地交代道。
常鈞點點頭，回家換了身便裝秘密地走訪，
一件精心策劃已久的密謀行動，便在悄然中展開了。

將令頒下，燕軍不拆營寨，仍然在各營寨中留下兩千軍士，讓慕容的負責斷後，掩護燕國大軍撤退。

慕容恪率領大軍悄悄撤退後，到了傍晚時分，慕容德便命令各營點上火把，多插旌旗，並且將一些草人放在營寨邊緣，以迷惑漢軍的斥候，然後悄悄撤退。

時間差不多到了夜晚九點左右，一個漢軍偵察兵突然發現燕軍營寨裏並無來往士兵，覺得很是奇怪，壯大了膽子靠近一看，居然整個營寨都是空的，燕軍早已人去樓空，偵察兵急忙將此事報告給唐一明。

漢軍大營裏，唐一明接到偵察兵的報告，還沒發話，便接連接到傅彥、謝艾兩處的戰報，均是大獲全勝，他此時才知道為什麼慕容恪突然撤退。

「慕容恪果然是首屈一指的將帥之才，就連退兵也做到神不知鬼不覺的，只可惜他是我的敵人，如果願意做我的部下的話，我肯定將他塑造成冷兵器時代的戰神！可惜啊可惜。」唐一明自言自語道。

燕軍退了，唐一明沒有做出任何反應，只是輕輕地對偵察兵說道：「你們兩個回去，告訴傅彥，讓他帶兵進攻常山、鉅鹿一帶，與我形成夾擊鄴城之勢。讓謝艾帶兵南下，進攻代郡、薊城，與王猛在東北的兵力夾擊慕容垂，並且轉告謝艾，要活捉慕容垂，其餘的人，反抗者死，投降者活。」

兩個前來報告的偵察兵應聲出了大帳。

陶豹站在一邊，急忙道：「大王，慕容垂這傢伙武藝高超，有萬夫不當之勇，如果活捉的話，只怕會死傷過多的士卒。不如殺之以絕後患。」

「不！我出征的時候答應過靈秀，要放過他的四哥和五哥，其他慕容氏的人願意投降的就活，不願意投降的只有死路一條。謝艾軍中有張蠔，應該可以和慕容垂一戰。」唐一明道。

「大王，那我們現在也趕快進軍吧，直逼鄴城，大燕也就算完了！」姚萇性急道。

「不急，現在還是夜晚，等明天一早再走！好了，你們再去多休息休息，等明天一早，咱們就拔營起寨，進攻鄴城！」

「諾！」

晉穆帝昇平四年，正月二十。

漢王唐一明率領六萬多大軍向北挺進，沿途郡縣望風而降，直逼鄴城，並且將大營屯在黎陽，與鄴城相距不過百里之遙。

慕容恪一回到鄴城，便積極佈置防線，派出慕容仙帶兵一萬屯駐城西十里坡，派出慕容強帶兵一萬屯駐城東十里鋪，在兩處共同立下營寨，與鄴城互為犄角之勢。

這幾日，大元帥府中不斷接到東北戰報，慕容垂率領十萬燕軍在遼河與漢軍決戰，十戰十勝，節節勝利。

有喜有憂，東北戰場的形勢一片大好，而西北卻是節節敗退，謝艾帶領大軍從塞外南下，攻擊代郡，並且在三日內將其攻克，而傅彥分趙乾三萬大軍，攻佔了常山郡，袁諾更是佔據了渤海郡，戰船駛入漳水，溯河而上，沿著漳水攻擊沿途各個郡縣，致使各郡縣望風而降。

大元帥府中，斥候絡繹不絕，各個將領往來奔走，讓慕容恪忙得不可開交，一時間猶如亂了陣腳。

正月二十六日，皇宮內侍帶著聖旨到了大元帥府，讓慕容恪火速入宮。

皇宮大殿中，只有八歲大的燕國皇帝慕容暐坐在龍椅上，背後垂著捲簾，捲簾後面是皇太后可足渾氏。

一進入大殿，便見慕容恪躬身拜道：「臣慕容恪參見陛下，萬歲萬歲萬萬歲！」

「皇叔不必多禮，朕此次找你來，是有重要之事垂詢！」慕容暐奶聲奶氣地說道。

慕容恪道：「陛下有話儘管問，臣必定言無不盡！」

「大元帥，聽說漢奴最近鬧得很凶，已經打到鄴城周圍來了。本宮想問大元帥可有退敵之策？」皇太后可足渾氏問道。

「啟稟太后娘娘，漢王的軍隊勢如破竹，自正月初一對我大燕宣戰以來，便長驅直入，除了吳王在遼東有所斬獲之外，其餘地方皆抵擋不住，如今鄴城已經被漢軍三面包圍，臣正在佈置防線，準備與漢賊決一死戰。」

「你……你說三面？鄴城已經被三面包圍？」皇太后聽了，緊張地道。

「太后娘娘請不要慌張，漢軍雖然將鄴城三面圍定，但是一時半會兒卻不會進攻，所以，我軍還有些許時間進行佈防，以迎戰漢軍！」慕容恪冷靜地道。

「母后……如果我們敗了怎麼辦？」慕容暐突然跳下龍椅，徑直走到捲簾後面，一頭撲進了皇太后的懷裏。

皇太后急忙將慕容暐抱住，拍了拍他的肩膀，安慰道：「陛下，你是皇帝，應該有皇帝的樣子，要臨危不懼，有大元帥在，我們母子不會有事的！」

慕容暐不吭聲，卻將皇太后抱得更緊了。

慕容恪安撫道：「請陛下和皇太后放心，臣就是豁出性命不要，也要將漢軍擊退！」

「大元帥，你是我們母子的唯一希望，吳王……吳王遠在遼東，此時無法馳援，大元帥，我們母子就只能依靠你了……大元帥，漢軍在鄴城外面有多少兵馬？」

「水陸大軍加一起差不多有十七萬！」

「十七萬？那……那我軍在鄴城有多少兵馬？」皇太后問。

「十五萬，加上這幾天各地敗回的軍隊，應該和漢軍相當。太后娘娘請放心，臣一定竭盡全力保護陛下和太后娘娘的安全。」慕容恪信誓旦旦地道。

皇太后道：「大元帥，你是整個燕國的兵馬大元帥，手中握著全國兵馬，大燕國的生死存亡就交托給你了，我們母子就在皇宮中等待大元帥的好消息！」

「請陛下和太后娘娘安心，臣還有要事要處理，先行告退了！」慕容恪躬身道。

從皇宮裏出來後，慕容恪整個人又多了一絲愁容，這一個多月來，他的頭上平添了不少白髮，三十多歲的他，臉上也多出了幾道皺紋，以前那神清氣爽、英俊瀟灑的面容顯得十分的憔悴。

回到大元帥府後，但見陽鶩、慕容德滿面焦急地等待在那裏，他不慌不忙地走了進去，問道：「什麼事？」

陽鶩道：「大元帥，傅彥從壺關出兵了，攻取了邯鄲，與鄴城相距甚近，除此之外，漢國海軍袁諾所部的三萬大軍，乘戰船一路馳騁，已經到達臨漳。」

「唐一明有動靜嗎？」慕容恪反問道。

「沒有，自從他佔領黎陽之後，就再也沒有動靜，不過，漢軍其他軍隊的動靜卻很大。如今漢軍切斷了我軍北去的道路，在沿途各個要道設下關卡，消息傳遞不通，北方的消息至今還沒能收到。」慕容德報道。

「看來唐一明是準備跟我們玩持久戰，想將我們圍困在鄴城裏，讓我們的士氣一點一點的消耗。」陽騖道。

「這是其一，他其實在等，等東北戰場上的消息，如果謝艾和王猛前後夾擊吳王的話，只怕吳王會腹背受敵，加上漢軍武器先進，難免吳王不會敗退！」慕容恪細細分析道。

「那該怎麼辦？如今整個大燕的三十萬兵馬有一半在幽州，吳王前些日子還節節勝利，並且最後一個消息傳來的時候，他已經攻克遼東。看來吳王在東北戰場上問題不大。慕容納五萬大軍緊守薊城，足可以抵擋謝艾的大軍。」陽騖分析道。

慕容恪細細地想了想，不解地問道：「東北戰場上的黃大、柳震一向作戰勇猛，怎麼過了幾年，這股勇猛勁就下降了？真是太奇怪了！」

「大元帥，此不足為奇，這次領兵的是漢國的相國，叫王猛，黃大、柳震都隸屬於他的帳下。看來唐一明派王猛前去東北，還不如不派，哈哈哈哈！」慕容德哈哈笑道。

「王猛？不對！唐一明一向知人善任，如此重大的事情，絕對不會派一個不懂兵事的人過去……」

慕容恪腦海中閃過一絲念頭，驚道：「不好！這是王猛的驕兵之計，五弟將要在遼東敗了！」

陽鶩、慕容德聽後，面面相覷，同時問道：「大元帥，那現在怎麼辦？」

「快將車騎將軍叫來，順便將上庸王也一併請來！」慕容恪急急吩咐道。

慕容德遲疑地道：「大元帥，兩位皇叔年事已高……」

「少廢話，此事除了兩位皇叔外，再無人能夠勝任！快去將皇叔叫來。」慕容恪叫道。

慕容德急忙出了大元帥府，去叫慕容軍、慕容評兩人去了。

過了許久，慕容評、慕容軍、慕容德一起來到大元帥府。

慕容恪一見到慕容評、慕容軍兩人來了，便上前拜道：「小侄拜見二位皇叔！」

慕容評瞥了眼慕容恪，冷冷道：「你幹的好事！」

慕容軍道：「這事與大元帥無關，只能說漢軍太過威猛了，我緊守晉陽和上黨，只半個月時間就接連丟失兩座城池和一座關卡，實在是愧對大燕，愧對我慕容氏啊！」

慕容評道：「你不必為他開脫罪責，他身為兵馬大元帥，指揮不當，有失職之責！如今我大燕接連丟失城池，現在鄴城也被圍住了，他還能逃脫得了干係？快說！你找本王來，到底有什麼事？」

慕容恪知道慕容評的脾氣，便和顏安撫道：「皇叔息怒，一切罪責，慕容恪願意一人承擔，只請皇叔看在都是慕容氏的分上，幫小侄一個忙！」

「什麼忙？」慕容評隨口問道。

「如今大燕尚有十幾萬兵馬在幽州一帶，慕容垂帶著十萬兵馬與漢軍王猛決戰，並且十戰十捷，如今已經攻克遼東，小侄想請兩位叔父帶兵前去救援。」慕容恪道。

慕容軍好奇地道：「既然吳王十戰十捷，又攻克了遼東，此事是好事啊，為什麼還要救援？」

「難道……是王猛的奸計？」慕容評猜測道。

「皇叔智謀超群，洞悉了王猛的奸計，小侄佩服。只是當局者迷，旁觀者清，只怕慕容垂現在還不知道自己身處險境之中。而謝艾率領的大軍也已經攻克了代郡，薊城危險，慕容納不會是謝艾的對手，兩位皇叔率軍突圍而出，一位留守薊城對付謝艾，一位馳往遼東將慕容垂召回，照我的估算，王猛必然會繼續誘敵深入，然後在三韓之地形成包圍，從而消滅慕容垂。如果幽州丟失，鄴城就是一座孤城，漢國大軍也會乘勢南下與其會合，到時候，冉魏滅亡的厄運，就會降落在我大燕的身上。」

慕容評聽後，冷哼一聲道：「你部下精兵良將多不勝數，為何獨請我這把老骨頭？」

「皇叔老當益壯，征戰沙場多時，文武雙全，就連小侄也略微遜色，若是皇叔再年輕二十歲，自然是我大燕一中流砥柱。」慕容恪拍馬道。

慕容軍道：「大元帥，你放心吧，這件事就交給我們這兩個老骨頭了，我們倒要讓漢軍看看我們這把老骨頭的厲害！」

「壯哉！」慕容恪道：「兩位皇叔，我給你們五萬人馬，從北門衝出，衝破傅彥的邯鄲防線，便可以直達薊城。」

「傅彥？這個叛賊！」慕容評恨恨地說道：「本王一定要斬殺了他！」

「皇叔不可衝動，此次只為救人，不為殺人，只要衝過防線，大燕兩線作戰，守上一兩個月，漢軍無糧自退，我們再趁勢追擊，必定能夠反敗而勝！」慕容恪很有信心地道。

慕容評道：「五萬人太多了，何況鄴城是京畿之地，豈能少了兵馬？兩萬足矣！」

慕容恪看了眼慕容軍，見慕容軍也點點頭，便道：「好，那我就撥給皇叔兩萬精兵！」

是夜，慕容評、慕容軍各自帶著一萬人馬從北門而出。兩個老將，一個提著一桿虎頭槍，另外一個提著狼牙棒，兩人都是大燕軍中征戰沙場的人物，雖然年歲已高，卻是老當益壯，尤其是慕容評，身體還很健壯，除了頭髮、鬍子略顯發白之外，上了戰場，誰也不會想到一個年近六十的人，居然還能如此生龍火虎。

慕容評平時雖然驕橫，可是一牽涉到國家利益，就什麼都不顧了，只知為大燕國盡忠。

慕容評、慕容軍帶著兩萬人向北急速快奔，行了七八十里後，突然發現漢軍在路上設下的關卡，一隊兩千人的漢軍駐守此地。二人帶著兵馬一陣衝殺，以勢不可擋的勁力迅速地殺出了關卡，之後又接連突破數個關卡，總算安然衝過邯鄲，一路向北馳去。

慕容評、慕容軍率軍突圍的消息傳到邯鄲城裏傅彥的耳朵裏，傅彥不但不顯得詫異，反而微微一笑，淡淡說道：「好！我要用這兩個老賊的人頭來鋪墊我高升的道路。」

話音落下，傅彥便帶著三萬大軍從邯鄲城一路向北追去。

慕容評和慕容軍突破漢軍數道防線，連續奔馳了一夜，人困馬乏，不得不在一片樹林中停下歇息。

歇息間，慕容評隨口問身邊的斥候：「這裏是何地？」

斥候答道：「已經進入鉅鹿地界！」

「老哥哥，咱們狂奔一夜，連續衝過六道關卡，你不覺得很奇怪嗎？」慕容軍突然問道。

慕容評不以為意地道：「有什麼好奇怪的？漢軍遇到我軍根本就是不堪一擊！」

慕容軍懷疑地道：「話雖如此，不過我總覺得有蹊蹺。老哥哥，你想想，傅彥既然佔領了邯鄲，又封鎖要道，可每座關卡上，只留守少數人，遇到大軍攻擊也是很容易就能突破，與大元帥說的重兵把守實在不符啊。何況咱們到現在也沒有遇到追兵，你不覺得奇怪嗎？」

「是有些奇怪！傅彥之前身為八大將之一，在我們大燕軍中也有些時候了，對於我軍的作戰方法非常瞭解，難道……難道是傅彥那小子給我們布下了埋伏？」慕容評心中一驚。

慕容軍趕忙道：「老哥哥，此地不宜久留，我們還是快點走的好。一路向北，就算真有口袋，也能突破！」

正說話間，所有的士兵都聽到了一聲炮聲，一支赤色的軍隊從北方的雪地上駛來，領頭一人便是漢將趙乾。

「啟稟王爺，北方五里外突然出現大批漢軍！」

慕容評、慕容軍都是一驚，互相對視一眼，同時大叫道：「上馬！」

一萬八千多騎兵紛紛上馬，在慕容評、慕容軍的帶領下，快速駛出樹林，列陣在平坦的雪地上。

便在這時，又有斥候來報：「啟稟王爺，漢軍傅彥帶三萬兵馬追擊了過來，離我軍已不到十里。」

「傅彥這該死的叛賊，果然給我們下了套！」慕容評恨恨地道，「管不了那麼多了，帶著部隊只管向前衝吧！」

話音落下，慕容評提著虎頭槍大喝一聲，便帶著部下向堵在前方的趙乾軍團衝了過去。

慕容軍二話不說，帶著另一部分人馬隨後跟上。兩支騎兵一萬八千多人，排山倒海似的向前衝去。

趙乾騎在馬背上，看到慕容評、慕容軍兩個人快速猛衝，他不慌不忙，神情淡定，不避讓，也不讓士兵出擊，定定地站在那裏看著。

慕容評衝在最前面，到離漢軍不到五百米的位置上時，突然感到馬失前蹄，整個身體隨著馬匹便陷進一個偌大的坑洞裏，隨後衝來的騎兵收不住力道，接二連三地掉了進去。

燕軍士兵瞬間便落入坑內近千騎，地面上也裂開一個寬十米、高三米、長千米的大口子，讓後面的燕軍騎兵不得不勒住馬匹，徘徊在陷馬坑邊緣。

慕容軍看到慕容評跌落在坑裏，急忙喊道：「老哥哥！老哥哥！」

陷馬坑內沒有裝置尖樁，只是一個偌大的坑，不過從那麼高的地方跌落下來，又被馬匹壓著，也著實傷得不輕。

慕容評的小腿摔得骨折了，動彈不得，聽到慕容軍在上面喊他，便回答道：「慕容軍，你快帶著人從邊上繞走，別管我！快走！」

慕容軍還沒有來得及回答，便見趙乾一聲令下，對準他們的弓箭手便紛紛射出箭矢，一支支黑色的羽箭從冷空氣中射來，將前排的一千多燕軍騎兵紛紛射殺。

「慕容軍快走！此地不宜久留！」慕容評見從空中飛過無數支箭矢，急忙喊道。

慕容軍狠了一下心，大聲喝令道：「從兩邊突圍！」

燕軍騎兵開始分成兩列，一列向左，一列向右，卻不想在這一千米的陷馬坑的末端，又浮現出兩隊漢軍士兵，盾牌兵在前，弓箭手在後，對著燕軍騎兵便是一番猛烈的射擊，讓燕軍騎兵無法還擊。

就在這時，傅彥帶著三萬兵馬趕到，騎兵率先衝陣，步兵隨後趕來，堵住了燕軍騎兵的突圍，將慕容軍和一萬多燕軍騎兵包圍在一起。

慕容軍揮舞著泣火狼牙棒，迎著來犯敵人便是一棒，在短時間內已經殺死了十幾個漢兵。傅彥見狀，命旗手揮動小旗，趙乾便讓弓箭手留守，自己帶著騎兵繞過陷馬坑，從左翼殺了進去，傅彥則從背後殺去，兩下夾擊，加上還有弓箭手掩護，使得燕軍騎兵死傷過半，紛紛落馬。

這場戰鬥一直持續了兩個時辰，兩個時辰後，沒有掉入陷馬坑的燕軍士兵全部陣亡，慕容軍被俘。

趙乾又讓人將陷馬坑裏的燕兵和慕容評弄了出來，一併將慕容評、慕容軍和一千多傷兵給綁起來，押到邯鄲城！

慕容評、慕容軍兵敗被俘的消息一傳回鄴城，慕容恪便大吃一驚，急忙召集諸位將軍到大元帥府議事。

此時的大元帥府中，瀰漫著一種憂愁的氣氛，慕容恪遍覽諸位將領，見陽騖、慕容德、孫希、慕容仙、慕容強、常煒、常鈞、呼延護、徐成、劉奮、張施等人都面帶緊張。

他氣定神閒地說道：「諸位將軍，如今鄴城已經被徹底包圍，漢軍將所有道路統統封死，鄴城就好比一座孤城。自正月以來，漢軍歷時一個多月，連下大燕州郡，各城城守都聞風而降，如今還能有你們這些人與我大燕在一起，本帥心存感激。」

「大元帥說的是哪裡話，保衛大燕是我們義不容辭的責任。」慕容強朗聲道。

「國家興亡，匹夫有責。大將軍，如今形勢對我們大燕越來越不利了，如果就此坐守下去，只怕漢軍會越來越囂張，不如……不如主動出擊，約期和唐一明決一死戰，勝負由天定，就算敗亡了，此生也絕無憾事！」陽騖慷慨陳詞地道。

「大元帥，陽老的話不無道理，連續半個月來，漢軍只圍不攻，是想拖垮我們，不如主動出擊，尋求戰機。」孫希道。

「大元帥，下官以為諸位將領說的不無道理，如此困守，城內早已經是人心惶惶了，長此下去，只怕人心潰散，也會殃及池魚啊！」常煒拱手說道。

慕容恪點點頭，道：「好吧，慕容仙、慕容強，你們二人緊守城外兩處要寨，孫希、呼延護，你們兩人跟隨本帥帶著三萬新軍出城，迎戰漢軍。」

陽騖急忙道：「大元帥，三萬人是不是太少了點？」

「三萬人剛剛好，多了反而誤事。陽老，我走之後，鄴城就交給你守了！」慕容恪道。

陽騖正色道：「大元帥放心，我一定守好此城，專候大元帥凱旋！」

慕容恪又對其他人說道：「常煒、常鈞、徐成、劉奮、張施，你們都竭盡全力，輔佐陽老，共同守城。朝中的其餘官員都指不上了，也只能靠你們了。」

常煒、常鈞、徐成、劉奮、張施五人齊聲回答道：「我等誓死輔佐陽老，共保鄴城安全。」

慕容恪道：「好了，都退下吧，明日一早，大軍出發。」

常煒、常鈞從大元帥府出來後，坐上同一輛馬車，讓馬夫趕著馬車，朝自己府邸走了回去。

車廂裏，常鈞小聲問道：「父親大人，你看出來了嗎？大元帥今天的神情很是落寞。」

常煒點點頭，淡淡說道：「慕容評、慕容軍被傅彥設計抓住，兩萬人馬幾乎全軍覆沒，在這個節骨眼上，無疑是給大元帥一個沉重的打擊。鈞兒，我讓你做的事，你都做好了嗎？」

「父親大人請放心，徐成、劉奮、張施以及朝中許多漢人官員都已經聯絡好了，大家都在暗中等待父親大人的命令，只要父親大人下令，城內六萬兵馬便會落入我們的手中。」常鈞說道。

常煒滿意地笑道：「甚好！我們日盼夜盼，終於將漢王的大軍給盼來了，算算也有四五年了，這五年中，為父日日夜夜不在想著這事，就是等待漢王兵臨城下的時候，將這座城池給獻出去。」

「父親大人，明日大元帥帶著孫希和呼延護出城，城中就只剩下陽鶩這個老傢伙了，其餘的慕容氏都是酒囊飯袋，手中也沒有實權，皇宮裏的兩千禁衛軍更不是敵手，我們是不是在明天發動變亂，控制鄴城，獻給漢王呢？」常鈞問道。

常煒道：「我也正有此意。謝艾獻土有功，被封為西平侯，如今又受到漢王重用，獨自領軍攻打幽州。如果我們這次將鄴城獻出去，漢王肯定會重用我們常家的。當燕國滅亡，北方平定之時，封侯封爵不是難事，何況南方晉朝未定，漢王尚需要用人，我們可以繼續為漢王效力，幫助漢王統一天下，到時候，亦少不了裂土封王。」

「父親高瞻遠矚，深謀遠慮，孩兒佩服之至。」常鈞讚賞道。

常煒擺擺手，說道：「此事尚未成功，你不可大意。我們在鄴城的秘密行動，大元帥可有所察覺？」

「放心吧父親，大元帥一心忠於皇室，對人也是以誠相待，希望能夠打動對方人心。這是大元帥的優點，也是大元帥的缺點。殊不知人心隔肚皮，如果慕容儁還活著，我們常家就算再小心，也會被他發覺；如今慕容儁死了已有數年，慕容垂又不在鄴城，慕容恪一心為國事操勞，始終堅信用人不疑，疑人不用，所以對我們的事無從知道。」

常煒點點頭，道：「不過，陽騖這個老傢伙倒是十分的陰險，上次如果不是李尚書將所有的罪過都攬在自己的身上，死都不肯將我們供出來，我想我們常家也要倒大楣了。在陽騖面前，做事一定要小心，不能讓他看出半點馬腳來。你去通知各個將軍、大人，今夜三更以後，在常府商討明天投誠一事。」

常鈞道：「父親儘管放心，孩兒必會做得滴水不漏。」

「嗯，回家後，你換身衣服，親自去各個將軍、大人府上走動一下，切莫讓人發現，否則此事一旦洩露，只怕整個鄴城裏，數萬條生命都會受到牽連。」常煒慎重地交代道。

常鈞點點頭，等回到家中，便換了身便裝，秘密地走訪鄴城內半數以上的官員府邸，一件精心策劃的密謀行動，便在悄然中展開了。

第二天，慕容恪帶著孫希、呼延護率領三萬新軍出了城門，直奔漢王唐一明所在的黎陽郡。

黎陽和鄴城相距不過百里之遙，慕容恪帶著三萬他秘密訓練的弓騎兵，每個人的手中都握著一張很大的弓，全部是按照慕容恪的鐵胎弓仿製，而且每個士兵的身上還背著一個小包，包裹放著綁著火藥的箭矢，懷中藏著一個火摺子，為的就是方便射擊。

漢軍的偵察兵看到燕軍三萬前來攻打黎陽，便將此消息立刻報告給唐一明。

唐一明坐在黎陽城中，正與諸將商量著怎麼進一步圍住鄴城，聽到這個消息，便呵呵地笑了笑，對眾將說道：「這個慕容恪，我不去找他，他倒是來找我了。」

「大王，他來得正好，讓俺去收拾他吧，將他擒住，鄴城也就會不攻自破了。」陶豹叫道。

「抓是肯定要抓的，此次定然叫他有來無回。」唐一明充滿自信地說道：「慕容評、慕容軍已經被傅彥抓住了，慕容納抵擋不住謝艾的進攻，薊城也已經拿下了。如今就剩下慕容垂了，軍師已經將他引入圈套，不出半個月，必然會有結果。如果我們這次再拿住慕容恪，那麼整個大燕就等於無人了，燕國也就等於滅亡了。」

「大王聰明絕頂，圍而不攻，以亂其心，古來管仲、樂毅也不過如此啊。」魏舉誇讚道。

「過獎了，我只是不想讓鄴城再經受磨難而已，當年燕軍圍住鄴城長達數月，攻破城池之後，鄴城裏的人幾乎都受到牽連，我不想再發生那樣的事情，只要他們投降，慕容氏我一定會善待的。好了，不多說了，魏舉守城，陶豹、姚萇、拓拔雷、拓跋虎、拓跋運，你們都隨我領兵出城，咱們去會一會慕容恪。」唐一明道。

第七章

深入虎穴

姚萇勸道：「大王，我們如此靠近，是不是太冒險了？
鄴城外面左右兩側都有駐軍，
萬一三面夾擊，我們就會陷入包圍之中了。」
唐一明道：「不入虎穴焉得虎子，還有一段路程就到了，
我們只遠遠觀看便可以了。」

黎陽城外，唐一明早已拉出三萬部隊，在城外二十里一片空地上擺開了架勢，姚萇帶著五千騎兵在前，拓拔雷帶著五千騎兵在右，拓跋虎帶著五千騎兵在左，拓跋運帶著五千騎兵保護著一個兩百門大炮的炮兵團。

在隊伍的最後面，唐一明則帶著七千騎兵在中間，炮兵團後面的樹林裏，有著兩千隨時到戰場上救援的救援隊，陣容整齊，說不上壯大，卻也算得上壯觀，三萬人馬靜靜地等候在那裏。

不多時，白雪茫茫的大地上，馳來一團黑色，慕容恪英姿颯爽地帶著三萬大軍向著漢軍馳來，哨騎告訴慕容恪，說漢軍早已陳兵列陣，便命令士兵在原地停住，與漢軍相隔二十里之遠。

「大元帥，我們不進攻嗎？」孫希從隊伍的後列趕來，見到隊伍停了下來，便問道。

慕容恪笑了聲，道：「正是因為要進攻，所以才要先停下來。漢軍就在二十里外的雪地上，已經擺開了陣勢。以我的猜測，漢軍的大炮必然架在隊伍的最後方，我們如果貿然前進的話，只怕會遭受到大炮的轟炸。別忘了，漢軍的大炮射程可有十幾里遠。」

「那該怎麼辦？難不成我們就在此耗著？」呼延護問道。

慕容恪笑道：「我早已想好了，襲擊其背後，解決我們的後患之憂。孫希、呼延護，你們兩個人各自率領一萬人，從此處向兩翼散開，奔馳到漢軍側後，然後再發動攻擊。記住，不管是怎麼迂迴，都要遠遠地保持在二十里外，等到達地點，再同時發動進攻！」

孫希問道：「大元帥，那你呢？」

「我從正面出擊，替你們吸引敵人的炮火！」慕容恪答道。

「那不成！大元帥，我從正面出擊，你和呼延護從側翼出擊。」孫希急忙叫道。

「少囉唆，這是命令。快去，只要迂迴過去了，就直接發動進攻，我和唐一明有話要說，你們無法取代我！」慕容恪大怒道。

孫希、呼延護無奈，便各自帶走一萬人馬，向兩翼迂迴。

慕容恪和一萬騎兵靜靜地等候在那裏，等過了好一會兒，這才下令前進。

唐一明在軍陣中等待許久，遠遠地才看見慕容恪策馬狂奔而來。不過，進入他視線的，卻只有慕容恪一個人，而且慕容恪今天也沒有戴面具，俊美的面容展露無遺。

「搞什麼鬼？等了這麼久，怎麼只來一個人？」陶豹看了，自言自語地道。

唐一明尋思片刻，在一個士兵的耳邊低語了幾句，然後那個士兵便朝後軍跑去。

「陶豹，少安毋躁。傳我命令，沒有我的命令，誰也不許放箭進攻！」唐一明下令道。

慕容恪看到漢軍軍容整齊，策馬奔馳到漢軍箭矢射程之外，在那裏停了下來，高聲喊道：「燕國兵馬大元帥慕容恪，求見漢王唐一明！」

唐一明聽後，獨自一人策馬而出，來到隊伍的最前面，與慕容恪只相隔百米。

他打量了一下慕容恪，但見慕容恪的臉龐上添加了不少皺紋，以前那種神清氣爽的俊朗之氣已經全然不在，面容顯得略微憔悴。

他在馬背上向慕容恪拱手道：「一別數年，不想到已經物是人非，不知道慕容將軍一向安好？」

慕容恪也客氣地回應了一下，拱手道：「托漢王的福，玄恭還死不了。今日玄恭獨自前來會晤漢王，是有一事相求，希望漢王能夠答應！」

「一事相求？呵呵，不知道慕容將軍所求何事？」唐一明好奇問道。

慕容恪向前策馬走了幾步，這一舉動讓唐一明吃驚萬分，右手急忙握緊腰中所繫著的長劍把柄，卻見慕容恪身上沒有帶武器，便道：「慕容將軍，你再靠近，小心死在我漢軍士卒箭下！」

慕容恪停住前進，與唐一明相距不過五十米，壓低聲音道：

「漢王，你是非取鄴城不可嗎？」

「你這不是在說廢話嗎？我若是不想取鄴城，我何故如此動用大軍？」

「漢王，燕國大勢已去，我慕容恪也無法力挽狂瀾，只是，我有一事相求，希望漢王在攻取鄴城之後，好好的對待百姓，善待我們慕容氏。」

「你放心，我的夫人也是慕容氏，我對慕容氏自然會寬厚。如果你今天投降的話，我依然可以讓你當兵馬大元帥，不僅免去了生靈塗炭，更可以讓北方的百姓享受安居之樂，大元帥以為如何？」

「我生是慕容氏的人，死是慕容氏的鬼。我曾經發過誓，要一生為慕容氏盡忠，不能有二心。不過，當此之時，慕容氏已經大勢已去，我雖然不能力挽狂瀾，也要拼死一試。我知道漢王聰慧，能夠製造出前所未有的武器，我雖不才，也製造了一些武器，只想在今日與漢王一較高下。不知道漢王願意不願意接受我的挑戰？」

「你……有何不敢！」

唐一明本來想問問他製造的是什麼武器，可是話到嘴邊，卻硬生生地吞了回去，因為他相信自己，慕容恪就算再怎麼聰明，也決然不會製造出大炮來。

「那好，那就請漢王和我一戰，輸贏由天定！半個時辰後，我會發動猛烈的進攻，請漢王做好防守準備！」

慕容恪說完，也不等唐一明答覆，便撥馬掉頭，快速地奔馳了出去，消失在雪地上。

唐一明看著慕容恪離去的背影，搖了搖頭，撥馬回營，淡淡說道：「放心吧，慕容恪，不管勝負如何，你慕容氏的香火不會斷絕，鮮卑慕容氏照樣可以生存在漢國的境內，享受所有漢國人的待遇。」

唐一明回到本陣時，陣營早已發生了變化，這是按照他的命令而改的，左右兩翼的騎兵各自面朝外，後軍的炮團也移動到了樹林邊，方便遭遇突襲時能夠躲避開進攻。

半個時辰後，整個大地開始顫抖了起來，慕容恪帶著一萬騎兵從正面殺來，孫希帶著一萬騎兵從右邊殺來，呼延護帶著一萬騎兵從左邊殺來，三面夾攻。

唐一明有所預料，當即讓兩百門大炮朝三個不同的方向射擊，所有的騎兵都摩拳擦掌，一場大戰就此展開。

「轟！」

炮彈的爆炸聲響徹天地，轟得那些燕軍騎兵還沒有奔馳到漢軍陣前，便被炸死了約有兩千人。燕軍無畏，奮勇向前，所有的騎兵都紛紛點上了一支綁著的火藥箭矢，然後迅速拉開箭矢，朝著漢軍的騎兵方陣裏亂射了過去。

兩年來，這些士兵不知道訓練過多少次這樣的動作，一遍又一遍，不厭其煩地進行著射擊，從而使得他們能在最短時間內射出最快的箭矢，在炸藥爆炸前，將箭矢射入漢軍的軍中。

亂箭飛舞，爆炸聲轟隆隆直響，漢軍面對這突如其來的變故，都大吃了一驚，陣形開始有點混亂了。漢軍也同時射出了自己的箭矢，由於弓箭威力不夠，使得箭矢都落在地上。

「奶奶的，原來這就是慕容恪的新軍，居然利用這種方法！各軍聽令，全軍出擊，追殺燕狗！」

唐一明此時立刻下令攻擊，如果再不攻擊的話，那麼多的箭矢射來，他的三萬軍隊肯定會受不了的。

命令一下，漢軍立刻呼喊著衝了上去，提著自己手中的彎刀、長槍、長戟，向著燕軍的弓騎兵衝了過去。

當一簇箭矢落在炮兵團裏時，整個炮兵團被炸得一塌糊塗，就連後面的救援隊也被殃及到了。這種方法對漢軍來說，真是一種打擊。

炮聲停止，整個戰場上只能聽見一些小如槍聲的爆炸聲，在人體四周產生爆炸，炸死或者炸傷漢軍士兵。只一個回合的較量，漢軍便已經受損七千多人，其中五千多人死亡，兩千多人受傷。

唐一明親自舉著長槍，帶著陶豹和騎兵一起衝入燕軍的騎兵隊伍裏，可是燕軍騎兵一見到漢軍近戰騎兵過來，撥馬便走，邊走邊射出帶著炸藥的箭矢，使得漢軍一時之間束手無策，死傷慘重。

經過半個多時辰的你追我趕，燕軍的三萬騎兵早已經向四周鋪天蓋地的散開了，被漢軍騎兵追擊上來砍死的只有三千人左右，而此時，漢軍士兵已經傷亡一萬三千多人。

唐一明追逐了一陣子，見燕軍只要見漢軍追來就跑，逃跑的時候還不忘記射出箭矢，這種打法讓他覺得很頭疼。

他停了下來，環顧四周，聽到四面八方都有零星類似槍聲的爆炸聲傳來，腦筋一轉，大叫道：「不好！如此下去，我軍傷亡太大，這樣耗下去，很有可能全軍覆沒。」

他想到這裏，便急忙對身邊的偵查兵說道：「快去傳令，所有的士兵退回原地，不許追趕！」

半個時辰後，漢軍士兵陸續從四面八方趕了過來，當再次聚集在一起的時候，清點了一下人數，三萬大軍只剩下一萬一千多人，傷亡實在太大了。

「媽的！那些燕狗就知道跑，俺追出去只砍死了六個，要是擱在平時，六十個都不夠俺砍的。」陶豹大大咧咧地罵道。

「大王，燕軍很聰明，我軍弓騎兵少，即使我們有，弓箭的射程沒有燕軍的遠，打不到他們，所以才有此敗，面對燕軍這次的進攻，真是損失慘重啊。必須想想辦法才行。」姚萇道。

唐一明環視四周，見忽然少了一員將領，便問道：「拓跋運呢？」

一個士兵帶傷跑了過來，答道：「啟稟大王，拓跋將軍已經被炸死了。」

拓拔雷、拓跋虎兩人眼裏滿是憤恨，對唐一明說道：「大王，調集城中所有的士兵，攻殺燕軍吧，替死去的兄弟報仇！」

唐一明保持冷靜地說道：「糊塗，這樣下去，我們只會死傷得更多。」

「大王，燕狗又來了！」陶豹指著遠處突然出現的大批黑色戰甲的士兵，大聲喊道。

唐一明怒道：「慕容恪，這次你贏了。全軍撤退，撤回黎陽！」一聲令下，但見所有士兵開始向後撤退，直奔黎陽而去。

對面的燕軍中，慕容恪看見漢軍撤退的身影，臉上露出了長久沒有看到的笑容，對部下說道：「漢軍敗了，給我追！」

於是，剩下的兩萬五千多燕軍騎兵，在慕容恪的帶領下，一起向著黎陽追了過去。

黎陽城牆上，魏舉見到唐一明正在被燕軍追著，便立刻下令打開城門，放漢軍入城，等漢軍入城之後，便關上城門。

慕容恪帶著大軍，馬不停蹄地衝到黎陽城下，在漢軍城牆上的炮手還沒有反應過來時，便利用弓箭射出許多星星之火。

那些箭鏃一落在城樓上，但聽劈哩啪啦一陣亂響，猶如連珠炮似的在守城士兵身邊爆炸。

魏舉被炸傷，從城樓上翻滾下來，其餘士兵紛紛躲了起來，不敢再上城牆。

唐一明和剛戰敗回來的殘軍下了馬匹，看到城牆上又被燕軍給炸死不少人，憤恨地罵道：「這些該死的燕狗，真是可恨之極！」

他一邊讓士兵將傷兵抬到軍醫那裏，一邊讓人推來炮車，將炮車架在城門口後面的開闊地上，然後將炮筒調成平行狀，讓人打開城門，準備炮轟燕軍。

慕容恪知道漢軍大炮威力，不敢緊逼，他勝了這一仗，打破了漢軍連戰連勝的神話，更增加了自己軍隊的士氣，便迅速將軍隊後撤十里。

雪地上，每個士兵都顯得十分的開心，臉上都擁有一種莫名的喜悅，有史以來，第一次擊敗漢軍，讓他們比誰都高興。

「大元帥，大戰開始前我還擔心呢，害怕咱們這種方法擊敗不了漢軍，沒想到還真的行。如果不是大元帥指揮得當，我們也不會取得勝利。如此一來，只要將這種方法傳授給其他士兵，咱們城中的十萬大軍就足以光復燕國！」孫希哈哈笑道。

「沒那麼簡單，我們這種化整為零的戰鬥策略只適合野戰，如果對方在堅固的城池裏，我們無法和他們的大炮相比。這次是一次小勝而已，還希望大家戒驕戒躁。當務之急，是突破傅彥在北方隊鄴城的封鎖，打通北邊接連幽州的要道。這些天一直沒有東北的消息，我一直放心不下，如果東北丟失，那我們就會陷入漢軍的重重包圍之中，燕國也會不復存在！」慕容恪道。

「大元帥，現在每個士兵的包裏都還有一些箭矢，不如再去騷擾一下黎陽四門，讓唐一明固守此城，然後我們撤退，回城補充彈藥，再向北突破傅彥的封鎖，打通北進的道路！」孫希獻計道。

慕容恪聽了，點點頭道：「好吧，就再讓黎陽城裏的漢軍知道一下我們的威力，削弱黎陽城裏的漢軍兵力。全軍出發！」

黎陽城中。

剛剛擊退燕軍的唐一明，看到從城牆上抬下來的屍體鋪滿一地，又想起剛才在戰爭中陣亡的將士，心中悲憤不已。

他長嘆了口氣，自語道：「沒想到慕容恪將游擊戰術運用得如此到位，我真是太低估他了。看來要想滅掉燕國，還真要下點狠工夫才行！」

話音剛落，城牆上的士兵突然喊道：「燕軍又來了！」

唐一明聽後，便大聲喊道：「趕緊上城牆，用大炮轟他們！」

他急忙跑上城牆，但見兩萬多的燕軍騎兵分開四路，朝黎陽的四門跑了過去，他急忙下令炮手瞄準城外的燕軍騎兵隊伍，猛烈地開炮。

炮火隆隆，卻擋不住燕軍快速前進的腳步，眼見燕軍就要跑到城下，城牆上的大炮卻突然失去作用，無法進行近距離射擊。

唐一明一看情況不妙，急忙下令所有的士兵退下城牆，退入內城，躲避燕軍的鋒芒。

燕軍射出帶著炸藥的箭矢，在城牆上一陣亂射之後，便停止射擊，之後馬蹄聲響起，萬馬奔騰，大地為之顫抖。

唐一明估摸著燕軍走了，便重新走上城樓，果然看見燕軍紛紛退去。

但見燕軍退走得十分迅速，而且毫無徵兆，唐一明不禁自語道：「奇怪，這次撤退怎麼和以往不大一樣？慕容恪身為名將，就連撤退時也會使人殿後，以防止追擊，這次卻全軍奔走，像是倉皇而走，難道是有什麼急事？」

他想到這裏，不敢錯過任何戰機，急忙走下城樓，讓陶豹、姚萇召集三千精銳弓騎兵跟著他出城，讓拓拔雷、拓跋虎二人守城。

唐一明帶著三千騎兵，遠遠地跟在燕軍的後面，見燕軍沒有停留，猶如瘋了一般向後急退。越發覺得可疑，料想一定是有大事發生，二話不說，帶著人繼續跟了過去。

及至快到鄴城時，姚萇勸道：「大王，前面就是鄴城了，我們如此靠近，是不是太冒險了？更何況鄴城外面左右兩側都有駐軍，萬一三面夾擊，我們就會陷入包圍之中了。」

「不入虎穴焉得虎子，反正還有一段路程就到了，慕容恪退兵如此神速，而且還顯得很是倉促，不像是他的一貫作風，其中必然有什麼蹊蹺，我們只遠遠觀看便可以了。」唐一明道。

於是，唐一明帶著三千精騎繼續跟在燕軍的後面。

當他們離鄴城還有五里時，便看見鄴城那裏亂作一團，慕容仙、慕容強正在率部隊攻打鄴城，慕容恪也加入了攻打鄴城的行列當中。

「怎麼回事？自己人打起來了？」唐一明不解地道。

「哈哈，太好了，他們狗咬狗，實在太好了，大王快點派人到城中調兵來吧，我們可以坐山觀虎鬥了！」陶豹哈哈大笑道。

唐一明仔細朝鄴城的城牆上看去，但見城牆上打出一面「漢」字大旗，心中更是疑慮，問道：「難道是傅彥已經攻入了鄴城？」

「不！大王，你看，城牆上守城的士兵穿著的都是黑甲，是燕軍的甲士，如果是傅將軍攻入城中，必然不會這樣做。」姚萇分析道。

「那會是誰？」唐一明好奇道。

「大王，你看，上面還有一個『常』字大旗！」姚萇突然指著東南角裏的一面大旗說道。

「常？難道……難道是常煒、常鈞父子從裏面反了？」唐一明詫異地道。

姚萇道：「很有可能，慕容恪將心腹大軍調出鄴城，常氏父子也就有了機會。大王，我們現在怎麼辦？」

「時不我待，機不再來，既然如此，就在今天發動對鄴城的總攻。鄴城城高牆厚，易守難攻，還能堅持一段時間。叫三個士兵來，一個回黎陽搬兵，另一個到漳河去讓袁諾的大軍開到鄴城背後，炮轟城外的燕狗，最後一個去邯鄲，讓傅彥帶兵夾擊！我們在此守候，以觀時局變化！」唐一明說道。

「諾！」

吩咐完畢，唐一明便帶著剩餘的騎兵藏匿在樹林裏，時刻注視著慕容恪攻城的動靜。

第八章

大漢帝國

「臣等懇請大王稱皇帝，開國建元！」百官異口同聲地道。

百官私下商議，認為是該稱帝的時候，於是委託王猛讓其進言。

唐一明看到群情高漲，也就點了點頭。

「萬歲！萬歲！萬萬歲！」

百官見唐一明點頭，一起跪在地上大聲高呼。

鄴城內。

確實是常煒反了，他昨晚悄悄地和一些將軍和官員進行了商議，準備投靠漢軍，並且在早上慕容恪帶著大軍走後，便先闖進陽鶩的府中，將他給抓了起來，又派兵包圍皇宮和不願意跟隨他們一起投降的官員的家，然後控制了整個鄴城，之後便拔掉燕軍的大旗，將秘製的漢軍大旗插在城牆上。

城外的慕容仙和慕容強見了，那還得了，在知道是常煒反了之後，便帶兵攻打鄴城，另外派人去通知慕容恪。

慕容恪聽了，立即亂了方寸，急忙帶著士兵馳援鄴城，然後加入攻城的行列。

只不過，慕容恪的部下此時彈藥消耗得快沒了，只占了一會兒上風，之後由於城池太厚，太高而無法攻擊。

城外的兩座軍營中，除了少數的雲梯外，再無其他攻城器械，慕容恪指揮士兵攻擊了一個時辰，士兵傷亡慘重，硬是攻擊不下。

夕陽西下，鄴城的城牆下躺著成千上萬具屍體，城牆上的守城器械還是慕容恪一手安排的，如今卻換來被叛軍用來對付自己，這簡直是最大的諷刺。

「大元帥！我軍傷亡慘重，不易再攻打，不如……」一個將軍說道。

「不行！鄴城是我軍根本所在，豈能丟失，必須攻下鄴城！慕容仙，你的軍營之中還有多少炸藥？」慕容恪問道。

慕容仙急忙答道：「啟稟大元帥，已經不多了，大概只有一兩百包。」

「派人衝到城牆下面，將所有的炸藥全部聚集在一起，然後點燃，一定要炸開一個洞來。東城門那裏的城牆比較薄弱，就從那裏進攻！」慕容恪說道。

「諾！」

話音剛落，眾人還沒有散開，便聽見許多「轟」的響聲，他們的背後傳來了無數慘叫聲。

「大元帥，漢軍……漢軍突然殺來，戰船數百艘漂浮在城北的漳河當中，正向我軍開炮！」

一個士兵一臉驚恐地前來彙報。

「報！大元帥，漢軍三萬突然從邯鄲殺出，傅彥、趙乾正洶洶而來，距此不足五十里！」

「報！大元帥，漢軍兩萬出黎陽，正滾滾而來！」

「報！大元帥，常鈞、劉奮率領一萬人馬從西城門衝出，徐成、張施率領一萬人馬從東城門而來！」

「報！大元帥，漢王……漢王……漢王唐一明突然率領三千騎兵從背後殺來！」

一連串的報信幾乎在同一時間傳了過來，慕容恪聽後，仰天大叫道：「天亡我大燕，我慕容恪終究沒有能夠保住大燕，大燕亡在我的手中，我又有何面目去見慕容氏的先輩們！」

「大元帥……」孫希、慕容仙、慕容強、呼延護等將領都低聲垂淚，暗自傷心。

炮聲停了，吶喊聲停了，兵器的交戰聲停了，馬蹄聲停了，周圍的一切如死一般的寂靜，良久良久，所有的燕軍士兵心頭，都蒙上了一層陰影。

「慕容恪。」一個極其輕柔的話音從這撥不足千人的燕軍將士們後面傳來。

慕容恪回頭看去，但見四周都是漢軍將士，袁諾的海軍登陸了，在短時間內連同城裏衝出來的士兵，一起將那些燕軍制伏，將他和孫希等人所在的地方給包圍了，而漢王唐一明則騎在駿馬上目視著他。

「勝者為王，敗者為寇！漢王，我慕容恪聽候您的發落，是殺是剮，悉聽尊便吧！」慕容恪解下自己手中的武器，丟在地上，爽快地說道。

「放下武器吧！」慕容恪又對身邊的將士們喊道。

「大元帥，末將不才，願拼死將大元帥護送出去……」

「孫希！你別天真了，出去？出去了又能到哪裡？放下武器吧，也可以減輕一些殺戮！」慕容恪淡淡地說道。

孫希、慕容仙、慕容強、呼延護等人無奈，紛紛放下手中武器，心中卻是悔恨不已。

唐一明擺擺手，周圍的漢軍士兵立刻撲了上去，將那一千多人全部給捆綁住，只有慕容恪沒有捆綁。

士兵押著慕容恪來到唐一明的面前，「大王，慕容恪帶到。」

唐一明翻身下馬，走到慕容恪的身前，見慕容恪的身高比他要高半個頭，白皙的皮膚，英俊的臉龐，即使帶著一點憔悴，也還是天下第一的美男子，絲毫擋不住他的俊美。

他伸出手，拍打了一下慕容恪身上的灰塵，呵呵地笑道：「你是我兒子的舅舅，我是不會虧待你的，而且，我也答應過靈秀，不會殺你。」

「沒那個必要，靈秀早就不是我們慕容氏的人了，所謂嫁雞隨雞嫁狗隨狗，嫁出去的女兒猶如潑出去的水，我只求漢王能夠儘快處死我！」

「你這又是何必呢？如今燕國也就等於滅了，等慕容垂再被軍師抓到，你們慕容氏一家也就團圓了。如今天下動盪，本王正是用人的時候，你不如投降於我，我們共同征戰沙場，一起統一天下，如何？」

「我已經說過了，我生是慕容氏的人，死是慕容氏的鬼，我此生只會為慕容氏所有，漢王的好意，我心領了。」

「唉！好吧，我不強求，不過……」

「漢王，在我死前，我有一個小小的請求，還請漢王能夠答應。」慕容恪打斷唐一明的話。

「什麼請求？」

「我想到泰山一趟，我想去看看泰山上到底有什麼神奇的力量，居然能夠造就如此雄才的英主！」

「哈哈，這有何難。慕容將軍，那你就好好的活著，等我平復了河北諸地，安撫百姓之後，就會帶你去泰山，讓你好好地看個夠！」

「多謝漢王成全！」

晉穆帝昇平四年（西元三五八年）春，三月初五，鮮卑慕容氏所建立的大燕帝國，正式宣告滅亡。

鄴城內，所有的慕容氏皇族都沒有來得及逃走，全部被羈押在一起。

與此同時，東北戰場上的戰事也基本平定，謝艾攻克了薊城，慕容納戰死。王猛誘敵深入，使得慕容垂被勝利沖昏了頭腦，孤軍深入，最後反落入王猛所設下的圈套之中，經過一場血戰，慕容垂最終被漢軍士卒擒獲。

唐一明在鄴城內進行了一連串必要的安撫，他將慕容氏全部羈押在皇宮中，派遣士兵看管。卻獨自將慕容恪留在自己身邊，早晚攀談，希望能夠用他赤誠的心感化慕容恪，讓他為自己所用。

城中百姓也得到安撫，沒有發生動亂，唐一明下了死令，漢軍不准動百姓一針一線，更不准打罵百姓。

對於戰後的恢復工作，唐一明也絲毫沒有馬虎，他任用賢能之人，不問出身門第，凡事被各郡縣舉薦的人，他都委任官員以治理地方百姓，華北大地上，重新恢復了生機。

一個月後。

春意盎然的天氣裏，蒼松勁柏、亂石嶙峋的泰山，仍能夠感受到些許寒意。

泰山之巔上，山風呼呼的吹著，捲起山巔上兩個漢子的衣角。

兩個漢子筆直地站在泰山之巔，一個皮膚稍微黝黑，另一個卻甚是白皙，但兩人的目光中卻都透著對山色無比的垂涎。

同樣是英雄，一個是萬人之上的王，另外一個則是階下之囚，這二人不是別人，正是漢王唐一明和亡國之臣慕容恪。

兩個人矗立在山巔之上約有半個時辰了，沒有一個人說話，只是盡情地去享受那番景色，生怕一句輕微的話語便打破這片寧靜。

夕陽西下，晚霞漫天。

一隻孤鶩從藍天和白雲相間的空中飛過，拍打了兩下翅膀，做翱翔狀，自由自在地飛翔，沒有牽掛，卻也顯得有一點蒼涼。

唐一明看到山巔下一條彎彎曲曲的小河順流東去，心中突然有感而發，叫道：「落霞與孤鶩齊飛，春水共長天一色！慕容兄，此情此景，不知道慕容兄作何感想？」

「落霞與孤鶩齊飛，春水共長天一色！」慕容恪細細地品味道：「漢王雅興，居然能說出如此精闢的句子來，實在是令玄恭佩服。如今玄恭已經是漢王的階下之囚，泰山一遊，也讓在下大開眼界，此情此景，在下就算葬身在這泰山中也心甘情願。」

唐一明引用的，是唐代大詩人王勃的句子，本來是「落霞與孤鶩齊飛，秋水共長天一色。」他見現今是春天，便將秋水改成了春水。

此刻聽到慕容恪的回答，不禁重重地嘆了口氣，道：「慕容兄，你我一個多月來，相處得十分融洽，如此融洽的氣氛，難道慕容兄真的不願意繼續下去嗎？」

「勝者為王，敗者為寇！我慕容恪敗給漢王，沒有能夠守住我們慕容氏所創下來的基業，已經無緣面對我的祖輩們了。如今我的最後一個心願已了，死也瞑目了。漢王，你是個雄才大略的英雄，能夠敗在漢王的手裏，我慕容恪此生無悔。」慕容恪神色淡定，目光中充滿了柔和的神色，淡淡說道。

唐一明搖搖頭道：「慕容兄，你也是當世之英雄，你的智慧更是無人能及，所謂識時務者為俊傑，難道你真的至死都不肯為我所用嗎？」

「漢王，你不要多費口舌了。我曾經立下過誓言，今生今世，我的智謀只為慕容氏而用。如今泰山我也看了，此生已經了無遺憾，但求一死耳。」

「慕容兄的氣度非凡，就算不肯為我所用，也未必非要一死了之。慕容兄，你難道就不想知道我的來歷嗎？」

「你的來歷我已經查得一清二楚，你原本是乞活軍裏的一個小小都尉，廉台大戰時，你率領數百傷軍一路南退，利用智謀躲避了我軍的追擊，然後渡過黃河，佔據泰山，這些事，全天下的人都知道。」

「哈哈，慕容兄，你只知其一，不知其二。如果我告訴你，我並非是這個時代的人呢？」

慕容恪扭臉看了一下面帶笑容的唐一明，眼神中帶著一絲疑慮，顯得十分驚奇，可是，在一瞬間的時間裏，這絲驚奇便煙消雲散了。

他笑了笑，仰望天空，見那一隻孤鶩還在天空中盤旋，似乎被泰山的景色所迷戀，久久不能散去。

「漢王，你這是在跟我開玩笑嗎？」

「你看我的樣子是在開玩笑嗎？」唐一明正色道：「慕容兄，

這件事我從未向任何人提過。如今，我將這件事告訴你，也許你聽了會覺得不可思議，但請你相信我，我所說的都是實話。」

唐一明頓了頓，見慕容恪的眼神轉動了一下，但是身上卻沒有任何動作，臉上也是面無表情。緩緩說道：「其實，我是來自另外一個時空的人，來自一千多年後……慕容兄難道就不想知道一千多年以後的世界是什麼樣子嗎？」

「一千多年以後？你……你說的這些都是真的？那你為什麼要告訴我這些？」

唐一明道：「慕容兄才華橫溢，堪稱舉世無雙，若非遇到我，大燕國會在你的帶領下盛極一時。我之所以要告訴你這些，是不想你這樣一個有才華的人就這樣白白的死掉了。慕容兄還年輕，不過三十出頭而已，以後的路還很長，為什麼要為了一個已經被滅掉的國家而懊惱呢？隨著歷史的發展，科技的發達，一千多年以後的世界和現在的世界完全不同，更加先進，更加科學，更加人性化。」

「人數短短數十年，又有誰能夠活得到一千多年呢？」慕容恪被唐一明的話深深吸引了，發出了一聲長嘆。

「慕容兄，如果你真的想看看一千多年以後的世界，那你就不要死，好好的活著，等我統一了天下，我自然會讓你看到一千多年以後的世界是什麼樣子。」

慕容恪轉了一下頭，看了唐一明一眼，沒有說話。

「慕容兄，如今大部分慕容氏的人都已經歸順我漢國，我不希望你就這樣白白的死去，你既然無心為我出力，那在漢國境內當個普普通通的老百姓總可以吧？就這樣過著無憂無慮的生活，直到看到我所營造出來的世界，又有何不可？」

慕容恪嘆了口氣，心中感慨萬千。

這一個多月來，他經常被唐一明召見，每次都談話很久，對於政要、軍事、百姓的一些獨到見解也讓他受益頗多。今天忽然聽到唐一明說自己是來自一千多年以後的世界，讓他產生了一種嚮往，渴求能夠看到完全不同於這個世界的模樣。

他征戰沙場多年，手上沾了太多的血，他早已厭倦了廝殺，可是當他獨挑大燕國的梁柱時，他又不得不繼續那種生活，其實，在他的內心裏，他一直希望能夠陪伴在妻兒的身邊，平平凡凡的過一輩子，名、利、權他都曾有過，可是那種生活太累，實在太累……

「好吧，漢王，我答應你，在我看到你所為世人營造的不同世界之前，我會好好的活著，做一個漢國的普通老百姓，等待著漢王對我許下的承諾！不過，我有一事相求，還請漢王答應！」

「哈哈哈，慕容兄，有什麼事情儘管說，只要我能做到的，我一定辦到！」

「漢王爽快，我也就直說了。我慕容氏一生征戰，多的是戎馬一生的人，馬背上生活慣了，難免性子會很野。漢王對我們慕容氏又如此的厚待，讓我感激不盡。我只是想求漢王，不要讓慕容氏裏的人當官、參軍，將他們全部貶為庶民，讓他們也和我一樣，過著與世無爭的日子。」

「這……慕容兄，慕容氏人中龍鳳，老子英雄兒好漢，慕容垂有萬夫不當之勇，加上智謀也不錯，可算得上是文武雙全的人物，他既然已經歸順我漢國，我自當委以重任，還有其他幾個，諸如慕容德、慕容仙、慕容強、慕容龍四人，雖然沒有慕容垂那麼卓越，卻也可以獨當一面。慕容評、慕容軍主動告老，不願意當官，已經是我漢國的一大損失了，如果我答應了你，只怕對我漢國也是一種極大的損失……」

「漢王，我知道你十分器重我們慕容氏，但是慕容氏絕對不能再擔任漢國職務，只為庶民即可。慕容氏征戰一生，也該歇歇了，好好的繁衍後代，平平安安的過自己的生活，也不失為是一種保全之策，對我們慕容氏也好，對漢王更好。漢王，請你答應我這最後一個小小的請求，如果漢王答應，我願意將畢生所學傾囊相授，以報答陛下對我慕容氏的再造之恩。」

唐一明聽了，心中暗想：「慕容恪雖然沒有明說，但聽得出來，他是在擔心慕容垂和其他慕容氏的人，擔心他們爭雄稱霸之心未滅，萬一被我委以重任，從而反叛，會牽連整個慕容氏。慕容恪以這種方法來保全慕容氏，真是用心良苦啊。不過，慕容垂也不是省油的燈，他是後燕的開國君主，野心勃勃，如果真的委以重任，難保以後不會反戈一擊。既然歷史上已經有他反水的記錄，恰巧慕容恪此時又提了出來，我不如做個順水人情好了。」

思索許久，於是道：「慕容兄，我答應你，將所有的慕容氏都降為庶民，居住在洛陽城，你覺得怎麼樣？」

慕容恪點點頭，畢恭畢敬地鞠了一躬，道：「多謝漢王厚愛。」

晉穆帝昇平四年，五月初一，一統北方的唐一明回到了洛陽城。

洛陽城的皇宮大殿中，百官雲集，唐一明高坐在王位上，在接受百官的朝賀之後，便朗聲說道：「如今燕國已經被滅了，北方諸地也都趨於穩定，只要我們再接再厲，共同發展漢國，必然能使得國家裏面多出來幾個天下糧倉。」

話音剛落，便見王猛走出班位，向著唐一明拜道：「大王，如今我軍一統北方，與晉朝南北對峙，而北方天下在大王的治理下趨於安定。臣已經和眾位大臣商量過了，眾人都一致認為大王的文治武功超越古今，百姓更是心悅誠服，臣最近接到百姓所上的萬民書，希望大王能夠稱皇帝，開國建元！」

「臣等懇請大王稱皇帝，開國建元！」百官齊刷刷地擁了出來，異口同聲地道。

唐一明早在預料中，之前百官就想勸他稱帝，他以北方未定為由推辭了。這次他統一了北方，百官就私下商議一番，認為是該稱帝的時候，於是委託王猛讓其進言。他看到群情高漲，百官臣服，也就點了點頭。

百官見唐一明點頭，都很喜悅，一起跪在地上大聲高呼。

「萬歲！萬歲！萬萬歲！」

關於稱帝一事，唐一明早就跟王猛、柳震、孟鴻、黃大、姚萇等人商議過，在選擇國家的體制上，眾人有了爭議。王猛等人建議唐一明沿用漢朝的體制，設三公九卿；而唐一明作為一個現代人，自然不願意接受那種體制，否則，他之前所設置的軍銜和一些基本的部委都要廢除了。

在爭議了三天之後，唐一明結合了歷史上各朝各代的官職體制，並且根據這個時代的時代背景，最後確定了三省六部制。

三省六部制是中國官制史的重大變革，它標誌著封建政治制度的成熟。隋朝最先使用，此後，歷朝基本上都沿用了這種制度。

對這個時代的人來說，他們有著極其強盛的封建意識，唐一明從時代背景和國情出發，才確立了這套機制。

三省分別為尚書省、門下省、中書省，三省分工不同，中書省主要負責與皇帝討論法案的起草，草擬皇帝詔令。門下省負責審查詔令內容，並根據情況退回給中書省。這兩個部門是決策機構，通過審查的法令交由尚書省執行。

六部分別為吏部、戶部、禮部、兵部、刑部、工部，每個部門分工也很明細，吏部負責考核、任免四品以下官員，戶部負責財政、國庫，禮部負責貢舉、祭祀、典禮，兵部負責軍事，刑部負責司法、審計事務。工部負責工程建設。

唐一明選擇三省六部制，自然是有其好處的。第一，使封建官僚機構形成完整嚴密的體系，提高了行政效率，加強了中央的統治力量。第二，使宰相的權力一分為三，三省長官的品級又較低，這就削弱了相權，加強了皇權。第三，各部職責有明確的分工，有利於皇帝的集權與政令的貫徹執行，提高了行政效率，充分發揮了國家機構的效能。

確定了官僚體制，唐一明也同時改革了軍制，軍隊直接統屬於皇帝，兵部只負責發放軍事政令，統計全國軍隊數量以及管理士兵入伍、退伍事宜。

在體制上，廢除了原有的三三制，採用以十為單位的進制，也就是說，之前的一個排有三個班，現在擴大到了十個班，以此向上類推。他將全國軍隊都控制在自己的手裏，施行了軍政分離。

「諸位愛卿，平身！」唐一明很自然地抬起手，高聲喊道。

「謝陛下！」百官紛紛站了起來，齊聲叫道。

唐一明道：「這是三省六部制的具體內容，我已經讓人草擬好了，你們拿去傳閱，四日後，在洛陽皇宮舉行登基大典！」

「諾！」

五月初五，端午節。

洛陽城中一片喜悅之情，唐一明在皇宮內登基稱帝，國號依舊為「漢」，年號則採用西元紀年，是為西元三五八年。

登基大典舉行之後，唐一明便在皇宮大殿內接受百官朝賀，然後任命朝廷大臣。

他以王猛為丞相，統領尚書省；魏舉為侍中，統領門下省；孟鴻為中書令，統領中書省；以呂婆樓為吏部尚書、王凱為戶部尚書、謝艾為兵部尚書、常煒為刑部尚書、索泮為工部尚書、王簡為禮部尚書，又封王猛為忠義侯、謝艾改封為順義侯、黃大為忠勇侯、常煒為歸義侯，四人皆為一等侯，而傅彥、苻堅、呂光、劉三、趙乾、姚萇、廉丹、金勇、宇文通、陶豹、王勇、張幹、朗肅、周雙、趙全、張亮、王凱、魏舉、孟鴻、呂婆樓、常鈞、梁平老均為二等侯爵，其餘治理地方有功、征戰有功的官員，以及燕國所降之人均為三等侯爵，戰爭中英勇犧牲的士兵均賜烈士封號，家屬享受國家補貼。

後宮方面，他以王妃李蕊為皇后，姚倩、慕容靈秀、蘇芷菁為嬪妃，以長子唐太宗為太子，其他兒子、女兒全部都有所封賞。

如此，統一半壁江山的大漢王朝，便和南方的晉朝鼎足而立，形成南北對峙的階段。

西元三五八年五月，新的大漢王朝在北方的大地上崛起，結束了北方長期混亂的局面，在漢朝皇帝唐一明的治理下，境內各族百姓和睦相處，相互通婚，使得長期分裂和敵對的許多民族第一次得到融合，他們也都有了一個新的稱呼——漢人！

‧第九章‧

淝水之戰

唐一明擺擺手，示意偵察兵出去，腦海中想道：
「終於來了，看來淝水之戰就要上演了。
謝安，遇到我，你不會再成為歷史上的那個謝安，
你會敗在我的手裏；我不光背後偷襲建康，
而且還要在淝水之戰中徹底擊垮你！」

六月初一，漢朝都城洛陽的皇宮內，早朝如期舉行。

「陛下，一個月來，國內局勢基本趨於穩定，自大分裂以來，北方第一次得到統一。遠離了戰火，百姓都其樂融融，交相稱讚陛下雄才大略。」丞相王猛站在百官之首，朗聲說道。

唐一明端坐在龍椅上，頭戴龍冠，身穿皇袍，顯得極其威嚴。他聽了以後，滿意地點點頭，說道：「幾十年了，百姓飽受戰火之苦，不知道有多少百姓在這幾十年中喪生，如今北方一統，天下稍微安定了些，但是大家不要就此懈怠，所謂打江山容易，守江山難，何況我們現在還沒有真正的一統天下，各位大臣們都應當盡心盡力，共同繁榮我朝，朕相信，幾年後，我朝必然能夠平滅南方的晉朝。」

兵部尚書謝艾道：「陛下，如今北方雖然完全統一，但是民心還不夠穩定，塞外還有柔然、匈奴兩大民族。自從陛下將鮮卑人全部遷往長城一帶，柔然便在廣袤的草原上蠢蠢欲動，而匈奴人又在西域北方若隱若現，似有攻擊我朝之意。臣以為，陛下可招募民夫，修繕殘破的長城，以防止柔然南下入侵。」

侍中魏舉附和道：「陛下，臣以為此法可行。如今我朝剛剛結束戰事，士兵疲憊，北方還沒有得到恢復，我朝應當固守一兩年，然後等到北方安定之時，便可大舉北上，消滅柔然。」

「修長城？那不是要我和秦始皇一樣了嗎？不行不行，這絕對不行。」唐一明心想。

他目視群臣，看到站在大殿最末尾的慕容恪，問道：「慕容先生，你有什麼意見？」

慕容恪自從跟隨唐一明來到洛陽後，便終日伴隨其左右，每日上朝的時候，唐一明也讓他在大殿上旁聽，雖然沒有給他任何官職，對他卻更勝自己的臣子。

在慕容氏的處理上，唐一明遵照了慕容恪的意見，將所有的慕容氏全部降為庶民，安置在洛陽城中，賜給他們田畝，讓他們過著男耕女織的生活。

群臣不禁向後看去，目光中，有的充滿敵意，有的充滿疑惑，還有的充滿了妒忌。

慕容恪能夠感受到那些諸多不友善的目光，但他神情自若，十分鎮定，向前走出兩步，道：「啟稟陛下，在下不過是一介布衣，陛下讓在下在此聆聽國家大事，已經是對在下最大的榮寵了，在下又怎麼敢妄論國事呢？」

「此言差矣，如今慕容先生已經是漢朝境內的人，漢朝的興衰榮辱自然和慕容先生有關。正所謂，國家興亡，匹夫有責，對於慕容先生這樣大才的人來說，自然更是有著莫大的關係。」王猛由衷地說道。

唐一明聽了，呵呵笑了起來，道：「慕容先生，丞相說的句句有理，朕懇請慕容先生一言！」

慕容恪忙回道：「陛下……在下以為，修建長城勞民傷財，費時費力，此時是最不可取的辦法。塞外雖然有廣袤的草原，但是柔然未必就敢犯邊，如今北方一統，漢朝也日益強大，在面對強大敵人的時候，柔然必須要考慮考慮後果。在下以為，與其被動挨打，不如主動出擊。如今陛下已將塞外的游牧民族全部遷徙到冀州、幽州、並州和中原一帶，這給了柔然極大的發展空間，但是柔然現在還不夠強大，如果此時進攻的話，只需幾萬兵馬便可一舉平定。」

「哈哈哈！說得好，朕也正是這個意思。丞相，你以為如何？」唐一明問道。

王猛答道：「啟稟陛下，臣和慕容先生意見一致。現在陛下一統北方，雖然民心尚未真正的穩定，但是誰也不會願意再經受戰亂之苦。臣以為，駐守幽州一帶的苻堅、呂光、趙乾、金勇便可領著勝利之師四路齊進，北擊柔然，必然能夠取得莫大的勝利。」

「嗯，那就照丞相的意思，讓苻堅、呂光、趙乾、金勇四人各帶兵馬兩萬北擊柔然。另外，命令在西域的劉三所部出兵攻打匈奴，只要消滅了這兩個勢力，我們大漢才能真正的永絕邊患。魏舉，草擬聖旨吧！」唐一明下令道。

「臣遵旨！」魏舉立答道。

「對了，朕還有一事要和諸位提。如今大漢朝內有才之人極少，朕想開科舉選拔人才，不問出身門第都可以來參加，分為武舉和文舉，並將科舉定位國策，每三年舉行一次，諸位愛卿以為如何？」

「科舉？」眾臣聽聞，都是一臉的茫然之色。

唐一明便將科舉制度詳細地說明了一番，眾人聽後，紛紛高聲呼道：「陛下聖明！」

唐一明擺擺手，對王猛道：「文舉的事就交給你去做，三年一次大考，由朝廷出題，將考題秘密地頒發到地方，張貼皇榜，公開選拔人才。今年是第一年，制度可以放寬些，按照百分制，凡是考試在八十五分以上的，便可召集到京師，再由朕親自出題，從中選拔出優秀的人才來。」

「臣遵旨，必定將此事辦好。」王猛答道。

唐一明滿意地道：「很好，武舉的事就交給兵部尚書，從各州郡選出精壯男子，先行考校武藝，然後再入京，由你親自選拔，之後朕再選出一些人才，充塞各軍之中。」

謝艾答道：「臣遵旨！」

「好了，那就退朝吧。」唐一明站了起來，高聲說道。

一個月後，漢朝的大軍分兵四路直取柔然，劉三的西域軍團則出兵五萬攻打匈奴，正式開始了掃滅蠻夷的大戰。與此同時，科舉制度也在悄然聲中進行。

八月，唐一明命令黃大帶兵屯駐宛城，讓謝艾屯駐關中，又給駐守淮北的李國柱派去了三萬援軍，同時在渤海灣建立了三座海軍基地，將廉丹、郭諾調到海軍基地，負責訓練海軍事宜。另一方面，漢朝的第一次人口普查經過兩個月的調查，終於告一段落。

皇宮內，當唐一明手持著戶部尚書所上奏的人口普查結果時，用力地搖了搖頭，說道：「才七百萬人口，比起後來的十幾億人口來說，連個零頭都不夠！唉，真是少的可憐，看來必須鼓勵多多生育了。」

但是轉念一想，在這個時代，人口總數能有三千萬就不錯了，何況北方連年征戰，百姓大部分都流入南方的晉朝，使得北方十室九空，他也就舒心了些。

十月，漢朝的第一次科舉在全國各地正式舉行，經過層層選拔，十一月初時，文舉、武舉都有了結果，一批新人走上仕途，彌補了漢朝人才不足的情況，朝廷內的官員漸漸地多了起來，也使得辦事效率高了不少。

與此同時，漢軍在征戰中連連獲勝，迫使匈奴、柔然投降，唐一明下令將兩族百姓全部遷徙到一起，在塞外選擇水土良好的地方建造城市，打散以往游牧的方式，使百姓以半耕半牧的生活方式傾斜，正式解決了北方的邊患問題。

時光猶如白駒過隙，轉眼間便過了兩年。兩年的時間內，漢朝無論在工業、商業、農業上，都有著很大程度的發展，形成以長安、洛陽、廣固、鄴城、薊城、遼東、宛城、汝南、淮北、陳郡、武威、高昌、龜茲等為首的繁華都市，其中又以洛陽一帶最為繁榮，原本蕭條的景象一去不返。

在軍事上，唐一明也做了很大的改革，施行兵役制度，士兵參軍滿十年便可退役，不想退役的，可以繼續留在軍隊中。

自從北方大勝之後，全國兵力保持在五十萬人，沒有繼續擴軍，而是加強這五十萬軍隊的訓練，並且將二十萬軍隊改編成海軍，一心再為吞併南方的晉朝而努力。

晉穆帝生平六年（三六〇年）七月初一，建康。

丞相府中，晉朝丞相謝安連日來不斷接到從邊關寫來的急報，看了以後，心中頗為沉重。

大將軍桓沖坐在謝安身邊，也看了急報，開口道：「丞相，漢軍不斷地向邊鎮增兵，看來是想正式攻打我軍了。」

謝安點點頭，老神在在地說：「不錯，漢朝統一了北方，我軍和漢軍遲早會有一場大戰，早在幾年前本府就已經預測到了，這幾年，本府積極準備大戰的來臨，訓練士兵，為的就是這場戰鬥。」

「那以丞相之見，漢軍會選擇從哪裡作為主攻點呢？」桓沖不禁問。

謝安思索道：「巴蜀有山川阻隔，路途難走，荊襄一帶地處我朝中部，一旦遭到攻擊，勢必會得到西南和東南的支援，攻打起來就不那麼容易了。我料想漢軍會先強渡淮河，再直接進攻建康，進攻的重點會放在東南！」

「嗯，丞相分析得很有道理。如今我朝有馬步軍二十五萬，水軍十五萬，是否將三十萬兵馬全部押在東南，與漢軍決一死戰呢？」桓沖問道。

謝安道：「必須如此，如果京畿不保，本府又如何能對得起陛下的信任？」

「我聽說漢軍這兩年沒有擴軍，軍隊數量一直保持在五十萬左右，看來我軍和漢軍應該有一拼，加上丞相多年來秘密打造的大炮，說不定還能打勝這一仗呢！」桓沖道。

謝安笑道：「也不能如此說，漢軍的實力實在太過強悍了，不能掉以輕心。這幾年，漢軍的水軍一直耀武揚威，佔領了淮河一帶的水域，致使壽春成為一座危城。桓老弟，你把大軍駐守在合肥一帶，避免向漢軍展示我軍實力的機會；如果漢軍強渡了淮河，那麼壽春就讓漢軍佔領，我軍避重就輕，在合肥與漢軍決戰，就算敗了，我軍背後有水軍在長江，也可以掩護撤退，以防萬一。桓老弟，你這就去合肥駐守，我料漢軍不出十日必然發兵攻打壽春，十日內，我必定會率領大軍親自到合肥！」

「嗯，丞相保重！」桓沖道。

淮河以北的大地上，一座堅固的城池矗立而起，這裏是李國柱花了兩年心血一點一點擴大並且建造的，唐一明命名為淮北城。

在淮河岸邊，還有一座海軍基地，三萬海軍全部停靠在這裏，每天都會有巡邏的船隻在淮河中經過，將這一帶的水域完全給控制住。

淮北城中，漢朝皇帝唐一明秘密到訪，坐在城中的太守府中。在他的面前，坐著諸位將軍，黃大、謝艾、苟堅、呂光、劉三、趙乾、傅彥、宇文通等人全部在座，可謂是熱鬧非凡。

「各個部隊都已經調集完畢了嗎？」唐一明掃視了一圈後，問道。

謝艾率先答道：「啟稟陛下，各個軍團都已經按照陛下的吩咐，秘密進入了指定地點，只要陛下一聲令下，所有的軍隊都會發起總攻！」

「很好。這是咱們最為關鍵的一戰，多年來，咱們為了這場戰鬥準備了不知道有多少時間，此戰只許勝利，不許失敗！」唐一明嚴令道。

「諾！」

「從偵察兵送回來的情報看，晉軍把長江兩岸作為重要的佈防地點，他們的水軍在長江內來回穿梭，又在長江口岸打造了鐵鎖橫江攔截，致使我海軍無法進入長江內部，加上是逆流而上，更是不利於作戰；如此一來，我們只能渡過淮河，沿著淝水南下，進入巢湖，然後進入長江。不過，以謝安的智謀，加上桓沖的勇武，必然會在合肥一帶設防，那我們兩軍也就只能在此決戰了。」唐一明接著道。

「陛下，臣以為，可派遣海軍從大海南下，騷擾晉朝沿海郡縣。這兩年，陛下大力發展海軍，使得海軍能派上用場。晉軍與我軍決戰，水陸兩軍都會全部放在長江兩岸，沿海以及國內勢必空虛，如果十萬海軍南下，在揚州一帶登陸，從背後騷擾晉軍，必然能使晉朝內部混亂！」廉丹獻計道。

「哈哈哈，你說得不錯，兩年來，朕讓你們秘密訓練這些海軍，為的就是這個。南船北馬，朕要打破這個地域的束縛。你是海軍的統帥，二十萬海軍盡皆在你手中，除去在淮河中的三萬海軍外，朕準備讓你帶著十七萬海軍南下，就在你說的地方登陸，從背後殺向建康。不過，這次不能搶佔城池，大凡所攻佔的城池都不要佔領，直逼建康。廉丹。你即日起程，率領大軍南下，朕在淝水一帶拖住謝安、桓沖，讓他們不能回去，只要攻克建康，就等於晉朝滅亡了。」唐一明運籌帷幄地道。

謝艾由衷地佩服道：「陛下聖明，只怕謝安做夢都想不到我們會這樣來對付他。」

「不過，也不能掉以輕心，謝安這傢伙足智多謀。柳震，你和廉丹一起作戰多時，海面上的事，你也知道不少，這次就由你和廉丹一起去！」唐一明提醒說。

「陛下放心，臣一定和廉將軍攻克建康。」

「嗯，眾將聽令，明日拂曉進攻晉軍！」

「諾！」

七月十六。

這天天氣格外的燥熱，燥熱的天氣讓人的脾氣也隨之暴躁起來。淮河南岸的晉軍士兵正在河岸線上巡防，突然看見河面上駛來漢軍的戰船，神情立時變得十分緊張。

其實對這種挑釁，晉軍的士兵早已習以為常，自從漢軍在淮河以北建造城市，駐防那裏之後，漢軍的戰船幾乎每隔幾天都會如此近距離地靠近晉軍的防線，往來行走一番之後便會回去。

但是這一次不一樣，因為上面下了命令，只要看見漢軍的戰船就敲響警鈴，通知離河岸二十里遠的營地，晉軍們很清楚，他們要和北方強大的漢軍打仗了。一個晉兵看見漢軍戰船後，便急忙跑到譙樓上，奮力地敲響譙樓上的警鐘。

當第一聲警鐘被敲響後，便見從河岸的戰船上猶如迫擊炮似的炮彈紛紛向著沿岸的晉兵轟炸過去。

一輪猛烈的轟炸聲後，淮河南岸的譙樓便成了一堆廢墟，那些巡防的晉兵也化成了炮灰。

當戰船不斷靠近之後，河面上出現越來越多的船隻，大大小小的船隻成群結隊的從北岸駛向南岸。

靠岸後，船上的漢兵便下船上岸，迅速地向陸地遠處集結，並且展開巡查，在確定沒有任何晉兵和危險後，便立下營寨，漢軍的登陸之戰就這樣簡單地完成了。

離河岸不遠的晉軍聽到隆隆的炮聲，不進反退，當即拔營起寨，迅速退回壽春。

壽春城裏。

謝尚看到退回來的士兵，臉上浮起一絲淡淡的笑容，自言自語道：「果然不出丞相所料，漢軍果然在這裏登岸了。」

他十分的有自信，因為他有自信的本錢。如果放在幾年前，他或許還會懼怕漢軍，但是現在，當他的軍隊裝備上和漢軍所擁有的同等武器時，他便一點都不害怕了。

他叫來十名參將，讓他們各自帶著部隊守好城池，並且將大炮從武器庫中推出來，架在城樓上，一旦看見有漢軍的身影，便開炮轟擊。

吩咐完畢，剛要回太守府，便見一個斥候匆忙跑了過來。

「什麼事情如此慌張？」謝尚冷靜地問。

斥候急道：「將軍，漢軍攻佔了淮陰、盱眙兩地，另外一支漢軍從汝南出兵，沿淮河東進，直逼壽春而來。」

「哦，三路齊進啊！何人率領軍隊？來了多少兵馬？」謝尚問。

「領兵之人乃是王猛，兵馬約有五萬人，大張旗鼓，聲勢十分浩大。」斥候答道。

謝尚聽了道：「來得正好，看來漢軍把全國的兵力全部押在這裏了，很好很好，如此一來，我軍和漢軍就有得一戰了。好了，繼續打探。」

「諾！」

謝尚回到府中，在戰報上寫道：「漢軍左路軍由王猛率領，沿河東進，右路軍已經攻克淮陰、盱眙兩地，中軍佔領下蔡，請丞相示下！」

寫完，謝尚便派人帶著戰報急忙馳往合肥。

合肥城中。

謝安、桓沖接到戰報後，不禁感慨道：「漢軍進軍神速，真是一支勁旅啊！」

兩人莫逆於心，相視而笑。

只聽謝安說道：「桓老弟，我看是時候和漢軍開戰了。」

「嗯，壽春城防堅固，可以阻滯漢軍的前行，我現在就帶大軍支援，丞相坐鎮合肥即可！」桓沖道。

謝安道：「桓老弟，你莫不是以為我是貪生怕死之輩吧？」

「丞相，我怎麼會是這個意思呢？丞相智謀超群，晉朝無出其右者，征戰沙場的事情，就交給我這樣的武夫來辦就好了，丞相運籌帷幄即可，不必親臨戰場。」桓沖說道。

謝安道：「非也，戰場上的變化十分微妙，我若不親自指揮，心中總是憂慮。我們以十五萬馬步軍抵擋漢軍四十萬大軍，在兵力上十分懸殊，我必須親臨戰場才行。」

桓沖聽了說道：「那好吧，我們現在就走，與漢軍在壽春展開決戰。」

「將軍，漢軍殺來了！」一員守城的偏將，急匆匆跑到太守府大喊道。

謝尚聽到這個消息，急忙披掛上陣，當即朗聲喊道：「傳我將令，四門緊守，沒有我的命令，誰也不准開炮！」

命令傳下，謝尚立馬帶著偏將跑到城樓上，但見壽春城北四五里的八公山上，到處插著漢軍的大旗，被風獵獵吹動著。

他站在這裏似乎能聽見旗幟被吹得呼呼作響的聲音，不禁慨然道：「真是風聲鶴唳、草木皆兵啊！」

「將軍，你看，有人來了！」一個偏將指著山下走出來的幾名騎兵叫道。

謝尚看過去，但見漢軍赤色的大旗迎風飛舞，一名騎將帶著兩名旗手呼嘯而來。他急忙道：「快將大炮隱藏起來！」

那騎將正是宇文通。宇文通手持大弓，單槍匹馬來到城下，勒住馬匹，拉弓射箭，將一支帶著書信的箭筆直地射到城樓上，之後便快速地馳馬而回。

士兵取下箭矢上的書信，立時交給謝尚。

謝尚看後，嘴邊露出一絲譏笑，道：「哼！想勸降我？看我這次怎麼打敗你們！打旗語，告訴漢軍，我們誓死保衛疆土！」

八公山上，唐一明和各位將軍靜靜地等候在那裏，四周早已架好火炮，炮口直接對準幾里外的壽春城。

當旗手告訴唐一明謝尚的意思之後，他搖搖頭嘆道：「唉，可惜啊，謝尚也不失為是一員虎將啊。」

「陛下，既然他不降，那就怪不得我們了，請給我一支兵馬，我衝進壽春城裏去，將謝尚抓來獻給陛下。」呂光自告奮勇道。

唐一明呵呵笑道：「我要謝尚幹什麼？既然他不投降，也就不必留他性命了，你帶三萬弓騎兵前去試探一下，繞城奔跑，騷擾這些晉兵。」

「陛下，咱們有二十萬大軍，已經將壽春三面圍定，為何不一起衝殺上去，奪了壽春城？」呂光不解地說道。

唐一明解釋道：「自從謝安根除我在晉朝的奸細之後，就閉關鎖國，我們對晉朝內部的情況並不清楚，這幾年過去，晉軍的戰鬥力如何，還是要先試探一下，否則大戰的時候不明就裏，豈不是很被動嗎？」

「哦，臣明白了，這叫知彼知己。陛下在此稍候，臣這就去試試晉軍的實力。」呂光說道。

「陛下，請讓我和呂光頭一起去吧！」苻堅在一旁說道。還沒等唐一明回答，便見呂光搶先道：「怎麼？大腦袋也想和我搶奪功勞嗎？當年攻打柔然的時候，你沒少和我搶，現在又來和我爭，你別以為我好欺負！」

「呂光頭，你胡說些什麼？我哪裡是要搶你功勞？我是要去幫你！」苻堅不服地道。

「你才胡說呢，上次你也說是去幫我，結果還不是把我的功勞給搶了嗎？」呂光不以為然地說道。

「你……」

「好了好了，你們兩個，見面就吵，朕的耳朵都聽出繭來了。多一個人多個幫手，你們一人各率領一萬五千人，一個自東向西，一個自西向東，兩面夾攻，讓壽春城防守不過來。就這樣定了，快去快回。」唐一明果斷地下令道。

苻堅、呂光表面上雖然爭吵，可是實際上感情卻很和睦，拜別唐一明便互相攙扶著下了山。

看著苻堅和呂光離開的背影，唐一明不禁自語道：「淝水之戰是著名戰役，沒想到我將這場戰爭向前推動了二十多年，而且領導戰爭的是我，不是苻堅，但願不會重蹈歷史的覆轍。」

站在唐一明身邊的人聽了，十分困惑，黃大忍不住問道：「陛下，你說什麼？」

「哦，沒什麼。」唐一明反應過來，趕忙掩飾道：「苻堅、呂光他們出戰了，我們也去觀戰吧！」

苻堅、呂光各自率領著一萬五千弓騎兵出戰，這三萬弓騎兵算得上是火藥部隊，唐一明借用慕容恪當年打敗他的方法，訓練了一批這樣的弓騎兵和弓箭手，組成火器部隊。

壽春城牆上，謝尚看到漢軍出戰，臉上顯得很是興奮，說道：「來得正好，把大炮給我架起來，等敵人靠近了，就給我狠狠地轟！」

不多時，便見苻堅、呂光各自分開，剛衝到城下，便用弓矢猛烈地射擊，同時，城牆上的晉兵也朝城牆下面開炮，一場大戰立刻開始了。

「轟！」

一聲巨響在漢軍士兵的隊伍裏響起，地上多了個彈坑，卻少了十幾個漢軍騎兵。這突如其來的一幕，讓漢軍震驚不已，他們做夢都沒有想到晉軍手裏也有大炮，好在他們平時訓練有素，很快便恢復了平靜。

壽春城的城牆上，一陣劈裏啪啦響，聲音有點像鞭炮，但是威力卻比鞭炮大了許多，隨著箭矢射出的那些火藥在城牆上四散開來，炸死不少士兵。

謝尚看到這一幕，吃驚不已，罵道：「這些漢兵，花樣可真多！給我轟，猛烈地轟，一定要轟死這些狗娘養的！」

戰鬥一瞬間變得激烈起來，漢軍騎兵開始繞城而走，展開游擊戰術。

八公山上。

晉軍大炮所發射出來的爆炸聲讓唐一明吃驚不已，他無論如何都想不到晉軍為何有此種武器，自從大炮被他在這個時代搞出來之後，他從未將這項製造技術告訴任何人。工廠裏的人也都是經過嚴格挑選出來的，還受到軍隊的嚴加「保護」，無論如何都不可能有技師投奔去晉朝的。

「晉軍怎麼會有這玩意？」唐一明不解地道：「快傳令苻堅和呂光，讓他們回來，命令各個炮兵團向壽春城開炮！」

「諾！」

命令以打旗語的方式向苻堅和呂光發出，他們看到後，急忙撤軍回山。

伴隨著轟隆的炮聲，不斷有人在炮火中喪生。

兩軍會合一處時，苻堅臉上滿是憤怒，罵道：「這些該死的晉兵，怎麼會有大炮的？如果不是我跑得快，早死在炮火下了！」

呂光道：「他們有大炮，不好搞，我損失了兩千多人。」

「我損失了一千多人……」

苻堅的話還沒有說完，但聽八公山上炮聲隆隆，巨大的聲音掩蓋住苻堅的話語聲，呂光的耳朵邊除了爆炸聲什麼都聽不到，只見苻堅嘴唇蠕動，至於說的是什麼，他卻一個字都聽不清楚。

也不知道漢軍到底放了多少炮，但見漫天飛舞的黑色炮彈遮天蔽日，一顆顆炮彈堅實地落在壽春城的城牆上，將城牆炸得殘破不堪，許多士兵還來不及逃跑，便已經被炸死了。前一秒炮聲落下，另一聲又響了起來，此起彼伏，不絕於耳。

頃刻間，堅固的壽春城牆除了南側沒有受到損失外，其餘地方都已經是斷壁殘垣。

「咚！咚！咚！……」

緊接著，炮聲停止，鼓聲響起，從環形的八公山上陸續衝出喊殺聲震天的漢軍士兵，他們各個英武逼人，十萬大軍盡數全出，氣勢猶如排山倒海，向壽春城殺了過去。

壽春城裏，士兵的耳朵還在嗡嗡作響，他們剛從一片瓦礫中爬出，還沒來得及反應過來，便見漢軍沿著斷裂的城牆衝進了城裏。守在內城門的晉兵紛紛放下箭矢，卻抵擋不住帶著火藥的箭矢，很快被炸開了城門，被漢軍突入。

一個時辰以後，守城的三萬晉兵只有少數幾百人逃了出去，其餘的大部分都陣亡在壽春城裏。

漢軍佔領了壽春城後，沒有入城居住，而是在城南外紮下兩座大營，由於城中的百姓都受到驚嚇，一時安撫不過來，唐一明在帶走府庫中的兵器和彈藥後，便下令全體漢軍退出壽春城。

「陛下，臣找遍整個城池，也沒有找到謝尚的屍首。當時他站在城樓上指揮戰鬥，很有可能在我軍的炮火下被炸死了。」黃大來到軍帳中，稟告道。

唐一明擺擺手道：「沒有找到就算了，沒關係。壽春府庫裏的大炮運來了嗎？」

「已經運來了，就在帳外。」黃大答道。

「很好，走，跟我一起去看看，我倒要看看，這些大炮到底是如何做出來的。又是誰那麼聰明，能夠做出這麼好的武器來。」唐一明站起身子，一邊朝帳外走著，一邊說道。

來到帳外，唐一明但見三門大炮放在空地上，從形狀上看，和自己的大炮沒什麼分別。

他圍著三門大炮轉了一圈，問道：「就只有這三門嗎？」

「對，就只有這三門，其餘的都在戰鬥中被炸毀了，有的是晉軍撤退時被破壞了。」黃大答道。

「嗯，拉到營寨外，朕要親自試試這大炮的威力。」

不多時，三門大炮便被帶到營寨外，唐一明讓士兵對著空曠的地上放起大炮，但見三顆炮彈被彈射出十四里遠，在十四里外的空地上爆炸了。

「媽的，這山寨貨仿得還真不錯嘛。」唐一明罵道。

「陛下，打聽出來了。」只見陶豹一臉喜悅地跑過來，道。

「哦，快說，是誰這麼聰明，能造出這玩意來。」唐一明催促道。

陶豹喘了口氣道：「陛下，是一個叫葛洪的人，是個道士！」

「葛洪？」

「嗯，就是他，聽說他是得道高人，應謝安之邀，在會稽的山中秘密研製火藥，還說他是從漢國運回的三門火炮上學得仿製的，威力和咱們的大炮沒什麼兩樣。」

「葛洪？這名字好熟悉，好像是某個煉丹的道士，似乎還是火藥的鼻祖。對了，就是他，沒錯，難怪會這麼聰明。」唐一明在心裏想道。

黃大罵道：「媽的，那就不好了，如此一來，晉軍也有這種武器，那我們打起來豈不是很費力嗎？」

「嗯，是比較費力。不過，費力也要打，箭在弦上，不得不發，一旦我們退兵就會失敗，必須硬著頭皮上。」唐一明說道，「陶豹，你去找關二牛，讓他去丞相那裏，告知丞相，就說晉軍也有了大炮，讓他小心應付。」

這次出征，唐一明兵分三路，他自己帶著十萬人馬在中路，王猛五萬在左，謝艾五萬在右，相約在合肥城外會師，其目的就是要把動靜搞大，讓晉朝以為這次漢軍是全力出征，將所有兵力全部押在這裏。

他嚴令其他軍隊要大張旗鼓，聲勢越大越好，多打旗幟，讓人誤會三路軍的兵馬有三十萬左右。

回到營寨，唐一明十分的鎮定，他此次的戰略是牽制謝安的晉軍主力，讓廉丹從背後襲擊，他有足夠的信心，相信廉丹、柳震不會讓他失望，必然能夠攻佔建康。

他所需要做的，就是用這二十萬人馬和謝安在合肥一帶決戰，牽制他的兵力，讓他退不敢退，進又進不了。

正思慮間，忽然一個偵查兵來報：「啟稟陛下，晉朝丞相謝安、大將軍桓沖帶著十五萬兵馬從合肥殺出，他們知道壽春丟了，便將大軍屯兵在淝水沿岸，距此有百里之遙。」

唐一明擺擺手，示意偵察兵出去，腦中想道：「終於來了，看來淝水之戰就要上演了。謝安，遇到我，你不會再成為歷史上的那個謝安，你會敗在我的手裏；我不光背後偷襲建康，而且還要在淝水之戰中徹底擊垮你！」

第十章

天下一統

淝水之戰後，漢軍對晉朝發起了全面的進攻，
經過一年的血戰，終於徹底清除晉朝的殘餘勢力，
統一大江南北，結束了長達幾十年的大分裂時代。
漢民族成為世界上最強大的民族，
一個新的光輝帝國，從此崛起。

淝水，自西北蜿蜒而來，緊貼著壽春城牆的牆根往東南流去。河道不寬，約十餘米寬，水勢平緩，遙遙望去彷彿凝滯似的，一動不動。

耀眼的陽光下，河畔青草綿延葳蕤，散發出一絲若有若無的恬靜、慵懶的清香，略有幾分白居易詩中「遠芳侵古道，晴翠接荒城」的古意。

如此普通的一條河，果真是歷史上大名鼎鼎的淝水嗎？簡直讓人心中生疑。

唐一明站在壽春城的城樓上向南眺望，見淝水彎彎曲曲地向東南流去，心中彷彿呈現出苻堅當年投鞭斷流的情境。

此時，苻堅就在他的身邊，他看了眼苻堅，見他臉上很是興奮，問道：「你說說，我們如何打這一仗？」

苻堅感到很是意外，因為唐一明向來不會問他關於戰爭的決策，一般只會和王猛、謝艾、黃大等人商量，然後直接下令。

他看了看唐一明，不敢置信地道：「陛下，你是在問我嗎？」

唐一明反問道：「這裏就只有你和我兩個人，我不是問你，難道是問鬼嗎？」

苻堅嘻嘻地笑道：「陛下，晉軍屯兵在芍坡和淝水一帶，如果陛下想徹底牽制住晉軍的話，就必須與之決戰，過兩天丞相大人和兵部尚書謝大人的兵馬就會到來，到時候我們以二十萬之眾攻擊十五萬之眾，豈有不勝之理？臣以為，趙六的三萬海軍可以進入淝水，側翼攻擊陸上兵馬，對晉軍造成威脅。」

「淝水不比淮河，水位比較淺，恐怕容不下大船吧？」唐一明質疑道。

苻堅道：「陛下，這也不難，淮河和淝水相距不遠，只要打通兩條河流，淮河之水自然就會流入淝水之中加強淝水的水流，大船就可以在淝水中行駛。」

「嗯，好主意。那這挖掘工作，朕就交給你來做吧！」唐一明道。

苻堅喜道：「多謝陛下，陛下只需給我四萬人，臣可以在一夜之間打通兩條河。」

「一旦打通兩條河，河水就會變得湍急，只怕晉軍會有所察覺。苻堅，你留下一段距離先不要開通，等到決戰之日時再讓人完全掘開，一個晚上打通太過倉促了，我給你三天時間，不能讓士兵累著了。」唐一明交代道。

苻堅點點頭道：「那臣這就帶人去挖。」

「嗯，你和呂光一起去吧。」唐一明吩咐道。

「呂光頭？嗯，好吧，那臣這就去。」苻堅拜別了唐一明，轉身下了城樓。

兩天後，王猛、謝艾的大軍都到了壽春，小小的壽春城周圍營寨遍地，二十萬大軍前後相連，絡繹不絕。

「陛下，這時候廉丹的十七萬海軍應該已經在晉朝海岸登陸了吧？」大帳中，王猛坐在唐一明身邊，問道。

唐一明點點頭：「我已經向謝安下了戰書，約他明日決戰。」

「這一仗不好打啊，不管是正面還是側面，或是偷襲，只怕兩軍的傷亡都會很大。」王猛憂心道。

「嗯，朕本以為我軍佔有絕對的優勢，可是現在晉軍也有了大炮，這仗就從冷兵器上升到熱兵器了。這兩天我一直在為該怎麼打而煩惱，雖然苻堅提出了用海軍夾擊，但是這並不能促使整個戰爭取得完全的勝利。」

「陛下，打蛇打七寸，必須出奇兵攻擊其要害部位。臣以為，明日決戰，應當設下三支奇兵，以奇襲的方式進攻晉軍。兩軍一旦開戰，大炮就會成為整個戰場上炙手可熱的武器，相隔十幾里就能進行轟炸，陛下可在大軍兩旁設下大炮各一千門，每隔三里設一處，交錯著進行轟擊，一旦晉軍衝過來，我軍可以進行分層攻擊，讓面前那十幾里空地上都能夠被大炮轟擊到，如此一來，便可解決大炮在敵軍進攻過快中攻擊不到的弊端。」

唐一明聽了，當下拍手稱快，叫道：「好！果然是個好辦法，如此一來，只要多設幾處大炮，將大炮的射程調至最大，我軍面前的陣地就會成為轟炸區，任由晉軍衝殺也別想過來。丞相，你說的奇兵又該如何設置？」

「這個也不難，陛下，咱們不是有帶火藥的弓騎兵嗎？每一萬人為一個梯隊，從戰場的邊緣繞過去，只要知道晉軍大炮的所在處，便可以全速衝去，先行消滅晉軍的大炮兵團。一旦晉軍的炮兵團被消滅了，那我軍就可以掌握整個戰場上的主動，之後水陸並進，一舉擊潰晉軍，從而取得整個戰場上的勝利。」王猛侃侃而談道。

「嗯，這是個好主意。丞相，你說現在晉軍的軍營裏，謝安和桓沖在做什麼？」唐一明突然問道。

王猛笑道：「估計也正在調兵遣將，迎接明天的決戰呢。」

「陛下！臣苻堅求見！」帳外傳來一聲爽朗的聲音。

唐一明道：「進來吧！」

大帳捲簾升起，苻堅一身灰土地從帳外走了進來，先向唐一明拜了拜，見王猛也在，趕忙行禮道：「丞相大人也在啊，苻堅拜見丞相大人！」

「不必多禮，我聽陛下說了，你給陛下獻了一個好計，非常不錯。快坐吧！」王猛說道。

唐一明打量了一下苻堅，問道：「完工了？」

苻堅點點頭，道：「完工了，只留下一段距離沒有挖通，等明天戰端一開，就可以掘開那裏，讓淮河之水湧入淝水中。」

「嗯，不錯！呂光呢？」唐一明問。

苻堅道：「還在河岸邊，等著陛下明天下命令呢。哦，趙六的海軍也已經準備就緒了。」

「嗯，你下去休息吧，朕一會兒讓人去叫呂光回來，明天有重要的任務交給你們，挖掘的事就交給其他人做吧。」唐一明道。

苻堅喜道：「是，陛下。」

王猛見苻堅走出大帳，誇讚道：「陛下，苻堅是個可造的人才，假以時日，必然能夠成為我大漢朝的中流砥柱。」

聽到王猛對苻堅的讚賞，唐一明只笑了笑，沒有說什麼。

其實不用王猛說，唐一明也知道現在他的軍中可謂是人才濟濟，苻堅、呂光、姚萇，這些都是歷史上真正的君王，王猛、謝艾等人都是一等一的輔臣，智謀超群，每個人都可以獨挑大梁。只可惜慕容恪、慕容垂這些人不願為他所用，如果也能為他效命的話，晉朝就算名士再多，也絕不可能打敗這些不可能聚集在一起的歷史名人。

晉軍大營內。中軍主帳中眾將雲集，謝安、桓沖並排坐在上首，兩邊分別坐著各位名將。

「丞相，此事當如何處理？真的要和漢軍在此決一死戰嗎？」謝石問道。

謝安點點頭，道：「漢軍來勢洶洶，如果不在此處將漢軍堵住，萬一被漢軍攻入長江一帶，本府面上也無光，建康也會被危及。漢軍戰船的威力你們是見識過的，我軍的戰船雖然也仿造了漢軍的戰船，但是剛剛組建成，又不同於以往的水戰方式，難免有點生疏，所以只能讓他們固守長江，由我們在岸上擋住漢軍。」

「丞相，以我看，倒不如直接放棄這裏，將漢軍盡數引入長江，南船北馬，漢軍都是北方人，就算他們的三萬海軍厲害，也不可能在頃刻間使我朝十萬水軍全軍覆沒吧，哪怕是用六萬換他三萬人，我軍也是勝利的，只要水軍勝利，再攻擊漢軍的陸軍，我軍水陸並進，漢軍豈有不敗之理？」謝萬建議道。

「不妥！」謝安否決了，說道，「唐一明約我在這片不足百里的地方上進行空前規模的決戰，必定有取勝的決心。你們想想，漢軍的軍隊裏，什麼最厲害？」

「大炮！大炮最厲害！」謝石答道。

謝安搖搖頭道：「不！大炮固然厲害，一旦被敵軍逼近，就無法派上用場。漢軍最厲害的是騎兵，而且漢軍裏面有不少雜胡，羌、氐、鮮卑等，多不勝數，這些游牧民族都是馬背上的健兒，對我軍而言，一旦被這些騎兵衝進陣裏，我軍就會陷入死戰。五年前我軍和燕軍的那場大戰，本府至今還記憶猶新。咱們現在所處的位置，西邊靠著淝水，東邊是山，不利於大批騎兵的展開，對我軍十分有利。」

「不錯，我也認為在這裏堵截漢軍最為得當。明日決戰，眾將都必須竭盡全力，只要在此堵住漢軍的進攻，我們就可以把劣勢變為優勢，從而扭轉戰局！」桓沖聽完，道。

「大將軍的話你們都聽到了？都回去吧，好好的守備軍營，明日與漢軍決戰！」謝安下令道。

決戰的日子終於來臨了，東方剛露出魚肚白的時候，漢軍的部隊早已集結在一起，緩緩地向著南方駛去。

鼓聲雷雷、號角齊鳴，刀槍林立，旌旗鮮明，二十萬馬步軍軍容整齊，步步為營地向前開進，將漢軍的陣容表現得很是壯觀。

晉軍也沒有爽約，謝安、桓沖帶著十五萬大軍分成了數股兵力，每個方陣中都排列著二百門大炮，層層遞增。

在山和水相間的一條筆直而又狹長的空地上，漢、晉兩軍已經拉開了架勢，但是兩軍相距二十里，誰也不敢先進入大炮的射程範圍內。

漢軍陣中，當偵察兵回來報告晉軍所在的位置後，唐一明搖搖頭道：「看來謝安已經知道了大炮的威力，居然將大軍停在二十里之外，如果這樣下去的話，對峙個一百年也不會有什麼結果的。」

「陛下，再等等吧，等苻堅、呂光、張蠔三人帶著騎兵繞過東邊大山，襲其背後再行動不遲。」王猛建議道。

「不，如果枯坐苦等，只怕會引起謝安的疑心，如今趙六的海軍已經從淮河駛了進來，現在我軍應該主動出擊，寧可戰死，也絕對不能讓奇兵失去了作用。」

唐一明說完，便急忙扭轉身子，對身後的眾將說道：「朕需要一個敢死之士，更需要一支敢死之軍，要率先衝陣，你們誰願意前往一搏？」

「陛下！我去！」宇文通立即叫道。

「陛下，我去！」陶豹緊接著喊道。

「你們兩個都給我留下，我去！」姚萇抗議道。

唐一明動容道：「壯哉！三位都是我大漢的勇士，可是這次前去，恐怕凶多吉少，你們可要想清楚了！」

「陛下，俺的這條命都是你的，俺願意替陛下去死，何況，死在這種大戰中，也是俺的心願！」陶豹毫不畏懼地道。

「好樣的！那好，陶豹，你就帶著五千騎兵衝陣，卸去重甲，換上輕甲，以最快的速度奔馳過去，等趙六的海軍一到，就開始衝陣。宇文通、姚萇，你們二人各帶五千精兵隨後，只要你們能衝過去，先讓晉軍陣地的前方混亂，配合海軍戰船對岸上的攻擊，朕就帶大兵前往。」

「諾！」

「你們三個去挑選一萬五千名的死士，凡衝殺過去僥倖生存的，朕全部賜予三等侯爵，賞金五千兩！」唐一明加碼道。

陶豹、宇文通、姚萇聽了，齊聲道：「臣等遵旨！」

「黃大，你現在率領三萬步兵，從東邊的山地上攀爬上去，一路向南，等到陶豹等人衝到晉軍陣地前面，你就帶著步兵殺出。」唐一明吩咐道。

「諾！」黃大回答道。

「其餘眾將都跟我在此等候，戰端一開，你們就和我一起隨後殺過去！晉軍採取守勢，我軍只能將炮兵向前推移，只要前軍衝過去了，炮兵隨後向前推進十里，轟擊晉軍陣地。」

「諾！」

唐一明吩咐完畢，各個將軍都回歸本陣，陶豹、宇文通、姚萇三人各自挑選了五千名死士，集結在隊伍的最前面。黃大帶著三萬步兵率先進入山地，開始向南前行。其餘部隊都摩拳擦掌，等待著大戰的來臨。

不多時，趙六率領三萬海軍駛入淝水中，在唐一明的命令下沿河水南下，將攻擊目標定為晉軍的炮兵團。

與此同時，陶豹率領五千死士首先從漢軍的陣地上衝了出去。約莫跑出了五里，宇文通隨後帶著五千死士也衝了出去，姚萇則埋兵在最後。

晉軍陣中，一名斥候急忙跑到謝安和桓沖身旁，道：「啟稟丞相、大將軍，漢軍進攻了，水陸並進！」

「你說什麼？水陸並進？水軍是從何而來？」謝安詫異問道。

就在此時，所有的晉軍都聽到淝水水流湍急的聲音，只見從上游滾滾流入翻騰的河水，波濤洶湧，使得淝水的水位一下子上漲了不少。

「一定是漢軍挖通了淮河，將淮河水灌入淝水之中。」謝安恍然大悟道：「命令謝石、羅友調整隊形，將炮口對準河中，只要發現有敵軍戰船就開炮轟擊！命令前軍現在開炮！」

「轟！」

晉軍的前軍陣地上，大炮發起了攻擊，也不管敵人是否出現，便朝著前面的空地亂放一通。

陶豹率領五千死士快速地向前突圍，突然在隊伍後面響起不少爆炸聲，炸死了幾百人，他急忙下令士兵全部散開，不要集中在一起，分散著向前進攻。

炮聲隆隆中，陶豹的部下不斷被大炮炸死，每向前前進一里，幾乎就有上百人喪生在晉軍的炮火之下。但是這些死士沒有畏懼，仍一心勇敢的向前衝，以大無畏的精神衝鋒陷陣。

晉軍的前軍陣地上，一排排步兵列著方陣，手中持著長槍、盾牌，中間是弓箭手，他們聽到前面炮火不斷，又看到不足六里的空地上有不少黃土被炮彈掀翻，心裏頗為激動。突然，他們的耳朵裏聽到了另外一種聲音，是馬蹄聲。

一兩千漢軍騎兵從硝煙中駛出，以雷霆萬鈞之勢向著晉軍快速衝去，馬蹄所發出的隆隆聲，敲打著守衛在最前面的每一個晉軍士兵的心，讓他們對衝過來的那些猙獰面孔的漢軍士兵感到很是畏懼。

「殺啊！」陶豹和後面的騎兵一同喊了出來，聲音如雷。

漢軍的馬群如同潮水一般，暫態便可淹沒任何擋在前面的阻礙，把它踏得粉碎。雖然只有這一兩千人，但是這些晉軍對北方的騎兵似乎天生就有著一絲畏懼，雙手顫抖，手中的兵器幾欲掉落！

「放箭！快放箭！」一個晉軍的都尉大聲喊道。

命令下達後，弓箭手們便急忙拉開大弓，朝著迎面衝撞而來的騎兵射去。

然而，此時已經為時已晚，那些漢軍的騎兵衝得太快了，排成一排的騎兵瞬間便撞在晉軍士兵的方陣裏，將晉軍士兵撞得向後翻倒。

後面宇文通、姚萇的殘餘軍隊從瀰漫著硝煙的戰場上衝出，給予了陶豹支援。這些騎兵面目猙獰，一經和晉軍的士兵接觸，便各個如狼似虎。

「轟」一聲響，晉軍的陣地裏落下一枚炮彈，將密集的晉軍士兵炸得四分五裂，緊接著，越來越多的炮彈從空中飛舞過來，落在前軍和中軍相距不到三里的地方，將排成一排的晉軍炸得屍體亂飛，很快那裏便成為一片人間煉獄。

淝水中，漢朝的海軍剛一露出影子，便被晉軍的大炮擊沉。後面的戰船沒有停留，乘風破浪，順流而下，很快便駛過中軍，炮口對準岸上的晉軍，和岸上的晉軍展開了猛烈的炮擊。

東邊的山中，黃大帶著三萬步兵從山中衝了出去。

這是一支勁旅，也是一支鐵甲軍，全副武裝的重裝步兵舉著盾牌，握著長戟，跟隨黃大從青州到東北，又從東北到中原，轉戰南北，配合默契，並且完全繼承了乞活軍的作戰方法。

這支軍隊一從山中衝出便迅速分開，向晉軍四面八方衝了過去，他們三百人為一個小隊，猶如一把把銳利的尖刀，狠狠地插在佈陣整齊的晉軍士兵陣裏。

大戰開始，漢軍首先猛烈的攻勢便讓他們佔據了上風，炮火不斷地在空中來回，晉軍的大炮和漢軍的大炮較量上，使得整個戰場彷彿人間煉獄一般。

「丞相，漢軍已經瘋狂地撲過來了，請讓我帶領兩萬軍士衝上去吧！」

謝玄騎在馬背上，看到前方陣地亂作一團，未脫稚氣的臉上立時顯出不忍，便拱手對謝安說道。

謝安目視整個戰場，注意著戰場上的變化，沉著地道：「還不是時候！」

「丞相，現在不是時候，那什麼時候才算是時候？漢軍如此猛烈的攻擊，前方陣地已經快抵擋不住了。」謝玄焦急地道。

「混賬東西，我說不是時候就不是時候！你再囉唆，就給我滾回建康去！」謝安怒吼道。

桓沖聽了，在一旁勸道：「謝兄息怒，謝玄也是想殺敵立功，為國盡力啊，就不要責怪他了。謝兄，我看，是時候讓桓伊上陣了！」

謝安點點頭道：「大將軍，請發號施令吧！」

桓沖喚來兩個旗手，讓他們打出旗語，傳喚桓伊出戰。

桓沖和謝安雖然是官階相同，但是不難看出桓沖還是聽令於謝安，掌控整個晉軍戰局的，還是丞相謝安。

桓伊是桓沖的弟弟，最近幾年桓沖當上大將軍之後，又提拔了幾個桓家人，在軍旅中都擔任著重要的職務。

桓伊看見旗語後，便下令所有的弓弩手向前開進，擋在桓伊軍隊前方的晉軍士兵則紛紛讓開了一條道路。

炮聲隆隆，淝水河岸正在進行著激烈的炮火攻擊，漢軍的海軍戰船順流而下，漂浮到晉軍的後軍陣地，朝著岸上那一排排架好的大炮開始猛轟。岸上的晉軍炮兵也不甘示弱，他們早已掉轉方向，一齊向淝水中的漢軍戰船開始了狂轟亂炸。

桓伊的軍隊在炮火中衝到前方，紛紛拉開弓箭，朝正在前線衝殺的漢軍騎兵射去，想用強大的箭陣壓制住漢軍的騎兵。與此同時，從晉軍的側後方駛來一撥漢軍的弓騎兵，苻堅、呂光、張蠔各自帶著一萬騎兵快速地攻了過來。

「謝玄！是時候出擊了！」謝安突然叫道。

謝玄臉上一喜，當即帶著兩萬騎兵朝側後方奔馳了過去。

兩撥兵馬相距數里的時候，漢軍的弓騎兵便早早地搭好帶著火藥的箭矢，然後朝著晉軍後方的炮兵陣地射了過去，但聽劈裏啪啦的聲響，猶如連珠炮似的。

緊接著，晉軍的炮兵陣裏便發出巨大的爆炸聲，他們的軍火被那些箭矢射中，隨之爆炸，聲音越來越響。

「砰」的一聲巨響，漢軍的弓騎兵便和謝玄帶的晉軍騎兵撞在一起，五萬士兵堵住了晉軍的退路。箭矢、刀槍碰撞的聲音不絕於耳，中間還夾雜著猛烈的爆炸聲。

「殺啊！」

前方陣地上，所有的漢軍一股腦地全部一湧而上，黑壓壓的一片，紅澄色的軍隊在太陽底下越發顯得耀眼。兩軍的炮火都已經停止了，整個戰場上換來的是無比慘烈的近戰廝殺……

暮色四合，鴉雀亂飛。山和水之間夾著的那一條長長的地帶上，屍體堆積如山，血液匯流成河，都流入了淝水之中，順著滾滾的河水向東南流去。

喊殺聲，打鬥聲依然還在繼續，激烈的戰鬥不過才剛剛開始而已。遠去了硝煙的味道，卻迎來了血液的腥味，瀰漫在整個戰場上。漢軍以絕對的優勢兵力將晉軍包圍在一起，進行廝殺和搏鬥。

「殺！殺！給我殺！只許勝！不許敗！」

謝安喊啞了嗓子，他每喊出一聲，嗓子就會感到一陣疼痛，但是他顧不得那麼多了，只能用喊聲激起晉軍士兵的鬥志。

桓沖保護在謝安周圍，身上的戰甲早已經鮮血淋淋，他手中握著長槍，不知道自己殺了多少人，只覺得漢軍源源不斷地向著他這邊殺來，又一個接一個的倒在他的槍下。

「丞相！再這樣下去，我軍肯定會全軍覆沒的！不如收拾殘部，退到江南，長江中有水軍，可以阻擋漢軍的前進！」桓沖大聲喊道。

看著一片狼藉，屍體堆積如山的戰場，謝安踩著那一灘灘的血水，手中提著一把利劍，再看看天空中掛著的那輪如血的殘陽，他重重地點了點頭，十分不情願地喊出了「撤退」兩個字。

可是，要撤退又談何容易，後面的歸路被漢軍切斷了，謝玄和各位將軍正在浴血奮戰，連續衝了十幾次又被堵了回來。

桓沖知道這情況，當即對身邊的五百親隨喊道：「跟我來，給丞相開路！」

話音落下，桓沖便策馬而出，帶著手下的五百親隨向東南殺去，另外命令兩千士兵保護謝安的安全。一條長槍在前，五百短槍在後，憑藉著自己的武力，在漢軍的包圍之中衝開了一條血路。

桓沖眼看前面就剩下幾排人，就要衝出重圍之時，卻忽然看見一個大漢從空中跳躍而來，直接落在他的面前，鋼叉一舉，差點刺到了桓沖的座下馬。

「錚！」

一聲清脆的聲響在桓沖的耳邊發出，他和那個大漢一掠而過，耳後傳來自己親隨的慘叫聲。

回過頭，看到那個大漢殺死了他的幾個親隨，手中還能夠感受到那種微微發麻的力量，他心中一顫，不禁叫道：「來者何人？」

「漢討逆將軍張蠔，西北野戰軍第三軍師長！」

「張蠔？野戰軍？師長？」

桓沖的心中湧出了一連串的問號，他聽過張蠔這個名字，但是後面的官職他卻沒有聽過。

「哼！」桓沖冷哼一聲，撥馬便向外面衝出去，回頭一看，謝安還陷在大軍中，離他足有四五百米。

「回去救丞相！」桓沖心一橫，大叫道。

士兵們迅速分成兩列，桓沖則朝著張蠔奔殺過去。

張蠔見桓沖殺來，也毫不示弱，握緊手中鋼叉猛然騰空而起，躍過桓沖的馬頭，從桓沖的頭頂上用力一叉。

桓沖急忙用槍擋住，雙腿用力一蹬，從馬背上躍起，在空中和張蠔互相過了兩三招，然後兩個人同時落在地上，扭打在一起。

夕陽在此時沉下了雲層，天色也漸漸地暗淡了下來，但是這片戰場上卻仍然在繼續廝殺著。

唐一明領著親隨在陶豹的保護下，勢如破竹似的殺入了晉軍的陣中，在晉軍的陣中往來衝突，如入無人之境。

朦朧中，王猛不知從何處擠了出來，來到唐一明的身邊，叫道：「陛下，廉丹、柳震已經攻克了建康！」

「你說什麼？建康已經被攻下了？太好了！通告三軍，晉朝滅亡了，以增加我軍士氣！」唐一明高興地喊道。

就在黑色的夜裏，建康被攻克，晉朝滅亡的消息傳到戰場上每一個人的耳朵裏，漢軍士氣大振，晉軍士氣大落。

又經過一個時辰的廝殺，以漢軍勝利，晉軍敗走告終，這場戰鬥才畫上了一個圓滿的句號。晉朝，一個光輝的帝國，徹底輸掉了這場戰爭……

淝水之戰後，漢軍對晉朝發起了全面的進攻，經過一年的血戰，終於徹底清除晉朝的殘餘勢力，統一了大江南北，結束了這個長達幾十年的大分裂時代。

漢朝統一天下後，任用賢才，選拔官吏，開始了第一個休養生息的五年計劃。五年後，漢朝百姓安居樂業，人口增長，加上胡漢通婚令的推動，各族人民相互通婚，民族之間相互融合，使得漢朝國力日益猛增。漢朝國內交通發達，公路貫穿全國，大壩、水渠等防洪抗旱設施的修建，也推動了農業的發展，全國糧食大豐收，使得百姓安居樂業。

另一方面，致力於發展軍工業的唐一明招攬能工巧匠，研製火槍、改良大炮、打造鋼鐵巨輪，都取得了優異的成績。

三六六年，漢朝的軍事實力空前的強大，在國內穩定和糧秣充足的保障下，唐一明開始向海外擴張，征服世界。

三六七年三月，漢朝海軍浮海東渡，佔領了日本諸島嶼。八月，漢軍佔領東南亞，完成海外擴張的第一步。

三六九年四月，漢朝陸軍三十萬沿著絲綢之路開始西征，攻佔中亞各國。

六月，漢朝駐菲律賓海軍開始沿海西進，配合漢朝陸軍夾攻印度。印度在漢朝軍隊槍炮的夾攻之下被迫投降，成為漢朝的附庸國。

三七二年，漢朝陸軍繼續西征，擊敗了強大的波斯帝國，漢朝海軍也於同年抵達紅海沿岸，控制了兩岸地區，並且驅使當地百姓開挖運河，連通了紅海和地中海。

三七三年，漢軍水陸並進，夾攻地中海沿岸城邦，使得歐洲各個城邦盡皆臣服，漢朝更是聲名遠播。

三七三年，漢軍經過不懈努力，利用先進的航海技術以及強大的海軍，先後發現了美洲、澳洲大陸，並且開闢了多條海上航線，使得世界都臣服於漢朝腳下。

三七五年，唐一明的北京城修建完畢，正式將都城從洛陽遷到北京，而他也成為那個時代最偉大的帝王。

漢朝大軍的擴張，將漢朝先進的知識和武器推向世界，使得世界發生了巨大的變革，漢民族成為世界上最強大的民族，一個新的光輝帝國從此崛起。

——全書完——

《淘寶筆記》作者打眼最新神作《神幻大師》將繼本書之後出版，敬請期待

特異功能神降奇蹟　淘寶世界變幻莫測
古玩天地大顯神通　玩轉乾坤名師揚威
《淘寶筆記》作者 打眼 最新神作
道士進城
【新書試閱】
神幻
大師
乾
巽

金陵，地處華夏東部地區，長江下游，瀕江近海。

自古金陵就有「天下財富出於東南，而金陵為其會」的說法，有著六千多年文明史、近兩千六百年建城史和近五百年的建都史，是華夏四大古都之一，有「六朝古都」、「十朝都會」之稱，也是中華文明的重要發祥地。

金陵多山，四周群山環抱，有紫金山、牛首山、幕府山、棲霞山、湯山、青龍山、黃龍山、祖堂山、雲臺山、老山、靈岩山、茅山等，另有富貴山、九華山、北極閣山、清涼山、獅子山、雞籠山等聚散於市內，形成了山多水多丘陵多的地貌特徵。

而在這些名山中，卻有一個極不起眼、占地只有數平方公里的小山，名為方山，方山是一座不太高的平頂山，遠望如一方印，古稱印山。方山雖不高，但由於位於平原之上，仍不失巍峨挺拔。

在方山那叢林茂密的深處，有一座很不起眼的道觀，要不是正門處有塊斧鑿火燒痕跡書寫著「上清宮」三個字的牌匾，恐怕就是三清老祖親至，也看不出這是凡人給他供應香火的所在。

俗話說「山不在高，有仙則名」，然而這座道觀亦無仙可尋，在十年浩劫中，道觀曾經被焚毀過一次，後來又因年久失修坍塌過，就變得愈發破敗不堪了。

「唉，怎麼不響了啊？」

一個十八九歲、身穿道袍的男子，此刻正坐在道觀前的臺階上，用右手拍著左掌上的一個收音機，只不過除了「嘶嘶」的電流聲之外，那收音機卻是再沒有第二種聲音發出來了。

「無量那個天尊，我可是昨兒才換的電池，不會又要拿到城裡去修吧？」

少年道士沒好氣的念叨了一句，抬起手就想將收音機給扔出去，不過猶豫了一下後，還是將收音機給收了起來，畢竟這東西已經陪伴他足足有十年的時間，那些孤寂的時光有一多半是靠著它才度過的。

「呱噪，連你也欺負我啊？」

聽著上方那棵大樹上不斷傳來的蟬鳴聲，少年皺了下眉頭，忽然身形一展，腳下一蹬，在那腰肢粗細的樹幹上連踩了三腳，又在樹杈上一拍，右臂有如長猿般伸展開來，手掌一抄，將那來不及飛走的知了抓在掌心裡。

「嘿，看你還叫不叫！」

落到地上後，少年攤開手掌，看著掌心裡的那個知了，剛剛因為收音機壞掉而導致的不愉快也煙消雲散。

「算了，放你走吧……」

少年和蟬兒自言自語的說了會兒話之後，一揚手掌，將知了放飛了出去，陽光透過茂密的枝葉灑在他的臉上，露出一張劍眉星目異常英俊的臉龐。

「別人家的道觀叫做上清宮，你也叫上清宮，可此宮非彼宮，連飯都吃不上啊……」

少年一回頭，就看到道觀的牌匾，臉上不由露出了一絲苦笑，觀中所剩的最後一點大米已被他熬了粥，那粥稀得能當鏡子照，如今存糧空空如也，少年已經斷了糧。

和那些名山大川的上清宮相比，方山上的上清宮，無疑是個掛羊頭賣狗肉的地方，十餘年間香火全無，要不是靠著挖些草藥毒蠍之類可入藥的東西，和山下農戶換取些糧食，少年怕是早就餓死了。

「無量那個天尊，師父規定的下山期限還有三天，難不成就這麼餓死嗎？」

少年的眼睛滴溜溜的轉了一圈，看著山下遠處的陣陣炊煙，忍不住咽了下口水，不過礙於師律，猶豫了好一會兒，少年悻悻的又坐在道觀前面的石階上。

「那笨死的兔子，怎麼就不再出現一次呀？」

少年的腦海中出現了一幅畫面，前年不知道是不是山下割收莊稼的原因，將一隻又肥又大的兔子趕到了山上，慌不擇路的一頭撞死在道觀前，讓少年美餐了一頓。

不過這守株待兔的情形，三年來也只出現了這一次，三年中，少年每天都會在大樹下看一眼，但每次都是失望不已，兔子再也沒有出現過第二隻。

「逸哥兒，你在不在？」

正當少年道士饑腸轆轆，準備上山再捉些毒蠍的時候，山下的小徑處突然傳來一聲喊，隨著喊聲，一個身影出現在那不規則的石階路上。

這個身形有些肥碩，橫向發展的身體使得山路小徑顯得愈發狹窄起來，不過肥胖不代表笨拙，那人的身手還算矯健，一口氣爬上七八十米高的臺階，上來後也只是微喘著粗氣而已。

「嘿，胖子，你怎麼現在才來？這一年多死哪兒去了，我可是想死你了。」

看到來人，少年道士臉上露出一絲欣喜之色，言語間絲毫沒有出家人的忌諱。

「少來，我看你是快餓死了，想我帶點吃的上來吧?!」

那胖子走到近前，才看清楚原來年齡不是很大的樣子，充其量也就是二十歲左右，一雙瞇縫著的小眼睛很有神，給人一種很精明的感覺，不過那絲精明在他笑起來之後，就變得一臉憨厚，再也看不出來了。

「喏，我爸套的一隻兔子……」胖子揚了揚自己的左手，開口說道：「別說哥們不義氣，昨兒才回的家，今兒一早就給你送兔子過來了，哎，我說你幹嘛呢？」

胖子剛揚起手，發現拎著的兔子竟一下子就易主了，搶過兔子的少年沒等他話說完，轉身就往道觀裡跑，轉瞬間，胖子眼前就沒了人影。

「這孩子是餓成什麼樣了啊？」

胖子一臉憐憫的搖了搖頭，他知道這小道士礙於師律，活動範圍僅限於這方山方圓數平方公里之內，所需的生活用品都是和山下村子裡的人交換的，斷糧是經常的事。

「哎，我說你動作也太快了點吧？」

當胖子走進道觀，來到後院後，才發現自己拎來的那隻兔子，已經被少年開膛去肚剝了皮，用一根大樹枝橫穿起來，而地上的那個淺坑裡，木柴已然冒出了火苗。

「哥哥我已經餓了三天了……」

看著被火苗舌吻的兔肉，少年道士忍不住舔了下自己的嘴，幽怨的說道：「胖子，你小子真不夠意思啊，一出去就是一年多，哥哥我可是每天都等著你上山送吃的啊。」

「少來，沒我你也餓不死！」

對少年的話，胖子是嗤之以鼻，搖頭道：「胖爺我總不能做一輩子的農民吧？這次出山是打工去了。對了，我說你比我小，少在我面前充大，你要叫我胖哥，懂不懂啊？」

「切，誰說我比你小，你明明比我小三天出生的，」少年很認真的說：「就是小一個時辰，我也是你哥，你要是不信，回去問你爹去。」

兩人雖然都已經十八九歲了，但顯然對於誰大誰小的事很是介懷，胖子被那少年道士說急了眼，脫口而出道：「少來，你連自己是哪天生的都不知道！」

「唉，我……我不是故意的，逸哥，我……我喊你哥還不行嘛！」

一說出這句話後，胖子就知道自己失言了，連忙舉起手，小心翼翼的看向少年。兩人是穿著開襠褲一起長大的，自然知道對方的命門在什麼地方。

「這是你說的，我可沒逼你啊！」

聽到胖子的話後，少年的臉色不由僵了一下，隨即裝作不在意地說道。但是和他穿著開襠褲一起長大的胖子，還是看出了少年神態間的不自然。

其實胖子沒有說錯，這個少年道士還真的不知道自己是何月何日生的。因為少年在被師父抱養的時候，還處於襁褓中，老道士雖然活了一把年歲，精通陰陽五行占卜相術，卻從來沒有生養過孩子，稀裡糊塗的也不知道懷抱中的小嬰兒究竟是出生幾個月了。

由於是在道觀大門外撿來的，道觀身處方山，老道士就讓少年姓了方；而少年在被抱起的時候睡得十分香甜安逸，於是就賜他單名一個逸字，是為方逸。

當然，老道士是死活不肯承認「方逸」是自己隨便給起的，按照他的說法，姓方是希望少年能夠為人方正；名逸，則是希望少年長大後能超凡脫俗，卓而不群。

當時方逸最多也就是兩三個月大，老道士於是將他抱到山下，讓同樣剛出生不久的胖子他媽給方逸餵奶，只是鄉下十分窮困，方逸吃了三個月的奶後，就被老道士抱回山上餵養米湯了。

因為有這麼一層淵源，方逸和胖子算是喝過一個媽的奶，從小感情十分的好，胖子他爹有時候進山採摘草藥，就會將胖子扔在道觀，兩個小孩可算是掛著屁簾子一起長大的。

「來，叫聲逸哥！」

方逸坐在搖椅上，半威脅半利誘地說：「要是叫得好聽，我就把珍釀的猴兒酒拿出來給你嘗嘗，要是不夠真誠，我可就自己享用了啊……」

「猴兒酒？方逸，你竟然還藏有猴兒酒？」

聽到方逸的話，胖子直起了身子，龐大的身軀向方逸撲了過去，一臉悲憤的道：「三年前你告訴我酒沒了，敢情是你小子給藏起來了啊？」

「嘿，來硬的是吧？從小到大，你哪次打贏我了？」

別看胖子的體重足足有兩百斤，但是在方逸面前仍不夠看，也沒見方逸如何動作，就將胖子的一隻手別到了背後，疼得胖子連聲呼痛起來。

「逸哥，我……我錯了還不行嗎？」

深知方逸脾氣的胖子，努力的將他那張胖臉笑成菊花狀，道：

「以後你就是我哥，你說往東我絕不往西，你說攆狗我絕不追雞，這總行了吧？」

「這還差不多！」方逸鬆開了手，道：「那猴兒酒是我這幾年另外釀的，以前那罈早就沒了，你小子再敢冤枉我，就這酒你也甭想喝了。」

所謂猴兒酒，指的是山中諸猴採百果於樹洞中，開始時是為了貯藏越冬糧食，但若當季不缺糧，猴兒們便會忘記曾儲藏過百果，這一洞百果便逐漸發酵，而後釀成美酒。

猴兒酒形成的條件非常苛刻，猴子選擇用來存放百果的空樹，必須是能夠保證百果越冬不爛的樹木，你想想那能有幾棵？還要空心，還要密封，所以猴兒酒根本就是可遇而不可及的東西。

此類野釀，實屬機緣巧合，真正的猴兒酒價值千金不換，老道士一生走南闖北，也只在峨眉山上品嘗過真正的猴兒酒，卻沒想到竟然在方山上遇到了。

說來也巧，在道觀不遠處有個猴群，方逸幾乎是從小看著這些猴子長大的，是以猴群對他的警惕性也十分的低。

一天方逸去找猴子玩耍，卻深夜未歸，擔心不已的老道士循線找去，將猴群驅散後，發現方逸暈倒在一棵大樹下，而且滿身酒氣。老道士稍一思索就明白了，敢情這個猴群竟然釀有猴兒酒，便在拎著方逸回道觀的時候，也順便將猴兒酒帶了回去。

猴兒酒的度數不是很高，加上又是果酒，是以方逸和胖子時不時的就會去偷些來喝，老道士也是睜隻眼閉隻眼。

只是好景不長，隨著時代的變遷，方山這片淨土也受到了影響，原本棲居在這裡的猴群在五年間逐漸沒了影蹤，剩下的最後一點猴兒酒，也都被老道士臨死前倒進了肚子裡。

師父去世，方逸閒來無事，便將猴群遺棄的樹洞又給利用起來，每到果樹成熟的時候，就往裡扔上一些，誤打誤撞下，居然被他釀出口味差不多的酒來。

「嘿，另外釀的也行，逸哥，您坐著歇會，我先把這兔子給烤出來。」

聽到有猴兒酒，胖子頓時一臉諂媚的笑容，就差沒幫方逸去捏腿捶背了。

不一會兒，那隻足有四五斤重的兔子就被烤熟了，胖子撕下最肥的一條後腿，將其遞到方逸的面前，一臉諂笑的說道：「您嘗嘗合不合口？要是合口的話，就把那猴兒酒給拿出來吧……」

方逸也不嫌燙，撕下一條兔肉塞進嘴裡，然後走進房間，出來時，左手拎著一個比巴掌略大一點的葫蘆，酒香味透過蓋子立時飄散了出來。

「真是猴兒酒的味道……」

胖子臉上露出驚喜的神色，一把將酒葫蘆搶了過來，拔開葫蘆蓋，對著嘴喝了一口，那雙原本就不大的眼睛更眯縫了起來。

「好酒，好酒啊！」

胖子咂吧了下嘴，意猶未盡還要再喝的時候，卻被方逸給搶過了酒葫蘆，沒好氣的說道：「我三年就釀出了這麼一點，今兒每人三口，誰都別想多喝。」

釀酒必須要發酵，之前猴群釀製的猴兒酒，不知道是經過多少年的發酵才留下那麼一點根底，而方逸是重新釀製的，就這麼一葫蘆酒，也不知道耗費了他多少精力，自然捨不得讓胖子多喝。

「三口就三口！」胖子撕下半隻兔子咬了一口，嘴裏含糊不清的說道：「胖爺我走南闖北也喝過不少好酒，那什麼茅臺五糧液比這猴兒酒不知道差了多少倍……」

「茅臺？」方逸聞言道：「你喝過茅臺？師父說那可是一等一的好酒，那是什麼味道啊？等我下山後也要嘗嘗。」

聽到方逸問自己茅臺的味道，胖子那張胖臉難得的紅了起來，他這半年到滬上打工，幹的是保安的工作，一個月也就是千兒八百塊工錢，哪裡喝得起茅臺啊。

不過胖子的確聞過茅臺的味道，而且還是最近的事。

就在三天前，胖子獻殷勤幫著他工作的一個業主拎東西，卻沒成想一不小心將業主的兩瓶茅臺給打掉在地上，雖然聞到了酒味，卻也因此丟掉了工作。

「切，原來你小子是在吹牛啊！」

「不就是茅臺嗎，有什麼了不起的，等胖爺我以後有錢了，一次買兩瓶，喝一瓶倒一瓶！」胖子臉上露出忿忿之色，顯然對因為打翻兩瓶酒就被辭退的事很是耿耿於懷。

「說得對，以後咱們哥兒倆天天喝茅臺，嗯，這兔子肉也要天天吃……」

俗話說半大小子吃窮老子，一隻兔子對於胖子和方逸來說，也就僅僅夠塞個牙縫的，幾分鐘的功夫，兩人手上就只剩下幾根找不到一絲肉屑的骨頭，要不是胖子還帶了五六個饅頭，兩人怕是連肚子都填不飽。

「方逸，外面不是那麼好混的，胖爺我都混了好幾年了，到現在也只能抽四塊錢一包的菸。」

胖子眼睛戀戀不捨的從方逸手上的酒葫蘆轉到一邊，從口袋裡掏出一包紅梅菸，手法熟練的塞到嘴裡打著火之後，躺到搖椅上美美的抽上了一口。

「喝酒就算了，你小子怎麼還學會抽菸啦？」方逸沒好氣的拍了胖子一記，方逸記得胖子之前好像是不抽菸的。

「心裡苦悶就抽了……」胖子嘆了口氣，道：「方逸，像我這樣的人，除了當過兵這個履歷之外，再也沒有別的長處，到大城市去只能幹個保安，你知不知道，別人都喊我們保安仔，沒有人瞧得起我們。」

胖子當兵的地方是在城裡，幹炊事兵的他經常有機會外出買菜，所以在見識了大城市的繁華後，退伍回到家並不是很安分，整日裡和他爹嚷著出去打工。

最初胖子跟著村裡的一個小包工頭，只是他吃不了那份苦，乾脆自己在城裡找了個保安的工作。這半年多的打工生涯，讓初入社會的胖子領略了生存的艱辛，是以這會兒才有這麼多的感慨。

「幹保安怎麼了？」聽到胖子的話，方逸撇了撇嘴，道：「老子說過，天地不仁，以萬物為芻狗，天地都無私的看待萬物，那些人有什麼資格瞧不起保安，不就是一份工作嗎？」

「方逸，我看你是在山裡待傻了，等你出去就知道了。」

胖子像是看外星人一樣盯著方逸看了好一會兒，搖頭道：「現在社會，有錢有權的就是大爺，沒錢沒勢的就是孫子，就你這樣的，出去後恐怕能餓死，我看你還是跟著胖爺我混吧，多少能有口飯吃。」

雖然同樣涉世未深，但胖子自問自個兒和方逸比起來，絕對能稱得上是老江湖了，這逸哥怕是到現在都不知道錢是什麼樣子，更別提怎麼用了。

「餓死？你說道爺我會餓死？」方逸嗤道：「道爺我可是上清宮的方丈，這是在道教協會裡註了冊的，出去後，我就算是到各個道觀裡掛單，對方道觀也會敲鑼打鼓的迎接我的，絕對活得比你滋潤！」

說話間，方逸看了眼這破敗的道觀，有些心虛的說道：「就算對方不敲鑼打鼓，管一頓素齋總是要的吧？道爺我那方丈的度牒可是還在屋裡的……」

方逸這話倒是沒有吹牛，老道士除了將方逸撫養長大外，臨死前還做了一件事，就是下山三個月，替方逸帶回一套度牒（即道士或遊方僧人的證明）和身分證。

很多人都認為「方丈」是佛家的稱謂，其實不然，方丈是對道觀中最高領導者的稱謂，亦可稱「住持」，德高望重，是受全體道眾擁戴而選的道士，這座上清宮總共也就方逸和師父兩人，只要老道士同意，方逸自然也算是受全體道眾擁護，勉強當得起方丈這個職務了。

「胖子，你說我出去，到底幹點什麼好呢？」

聽完胖子說的那些外面的事，原本對外界充滿憧憬的方逸不由嘆了口氣，心裡也有些忐忑起來，除了道家的一些基本修行之外，方逸對別的可說是一竅不通。

「現在外面一片清明，你會的那點東西肯定不適用的。」

胖子知道方逸會些占卜問卦和拿鬼捉妖的本事，但現在科技昌明，方逸要是敢出去幹這個行當的話，怕是直接就會被以宣揚封建迷信的罪名給送到警察局裡去的。

「那怎麼辦？我總不能去賣藝吧？」

方逸聞言，苦起了臉。

方逸倒是的確會點功夫，別的不說，之前捉知了時顯露出來的輕功就不是假的。

方逸從四歲起，就被老道士在腿上綁沙袋，然後在地面挖個十公分左右的沙坑，讓他膝蓋不能歪曲，直上直下的從坑裡跳出來。

隨著年歲的增長，沙袋的重量和坑的深度也在不斷變化著，因而兩米多高的圍牆，方逸基本上能一躍而過。

「車到山前必有路，跟著胖爺還怕沒口飯吃嗎？」看到方逸愁眉苦臉的樣子，胖子拍起了胸脯。

「成，那我就先跟著你混啦。」

方逸無奈的點了點頭，世界雖大，但是他這輩子除了認識山下的一些農戶之外，能信任的，也就是面前的胖子和那死去的師父了。

「這就對了，收拾收拾，咱們今兒就下山。」

胖子一拍巴掌跳了起來，左右看了一眼，嚷嚷道：「你這也沒什麼好收拾的，乾脆咱們這就走，回頭到山下讓我娘幫你改幾件衣服，這道袍穿著太顯眼了。」

「別啊，師父說了，距離我下山的日子還要三天呢，要是提前下了山，就會有血光之災的。」方逸很認真的搖頭說。

從小就被自稱是袁天罡一脈的老道士忽悠，對於師父的話，他還是信幾分的。

「哎，我說，這都什麼時代了，你還那麼迷信？」

雖然從小也是在老道士薰陶下長大的，但胖子絕對是無鬼神論者，更不用提什麼占卜問卦了，他是一點都不信。

眼睛一轉，胖子將手背到身後鼓搗了一會兒之後，抬起手腕說道：「你師父說的是哪一天啊？」

「四月二十六號，今兒不是才四月二十三號嗎？」

方逸伸過頭去，看了一眼胖子手腕上的表，撓了撓頭道：「難道我睡過頭，忘記撕掛曆了嗎？」

在這方山的道觀上，現代化的東西是極其少見的，除了那個破收音機之外，再沒有一件用電的物品，那掛曆還是方逸用草藥和山下農戶換來的，每天必須撕掉一張。

「你那掛曆能有我這個準？」胖子頭揚得像個小公雞一樣，指著手腕上的表說道：「看到沒，這是名牌貨，帶日曆的，花了我七百多塊錢呢。」

雖然胖子沒錢，但為了買這塊表用以縮短自己和城裡人之間的區別，偷偷在宿舍吃了一個月的泡麵，如此才省下這塊手錶的錢。

方逸盯著手錶看了一會兒，伸手從懷裡掏了一塊用鎏金鏈子相連的懷錶看了一眼，說道：「我這表雖然能看時間，不過上面沒日期，沒你的那塊好用……」

「還真是有月分和日期……」

「咦？老道士把這表傳給你了？」

看到方逸拿出來的懷錶，胖子的眼睛亮了起來，道：「方逸，你這玩意可是古董，拿到外面能賣不少錢的，回頭咱們倆到城裡去問問，說不定咱們哥兒倆就指望它發財呢。」

胖子小時候就見過這塊懷錶，照老道士的說法，是他當年在京城八大處一個道觀掛單的時候，正值八國聯軍進京，是一個闖入道觀的洋鬼子送給他的。

對於老道士的話，長大後的方逸和胖子都深表懷疑，那些八國聯軍的洋鬼子們在入京後，一個個都是眼睛發綠的在搶東西，誰能那麼好心的送給老道一塊金表？這塊表十有八九是老道從那洋鬼子身上搶來的吧。

「死胖子，你想都甭想……」

胖子話聲未落，就被方逸給打斷了，他將懷錶塞到口袋裡，說道：「這可是師父留下來的東西，就是餓死我也不會賣掉它的，你小子趕緊給我打消了這主意。」

雖然平日裡一口一個老道士喊著，但方逸心裡對師父是十分敬重的，別的不說，就是這十多年來的養育之恩，就讓方逸已然將老道當成了自己的父母親人，所以方逸無論如何也不會賣掉老道留給自己的東西。

「不賣就不賣，不就是塊破表嗎？胖爺我還有別的辦法。」

胖子知道方逸對老道的感情，便沒再提這事，開口道：「你收拾收拾，咱們今兒就下山，在我家裡先住上一天，然後明天去金陵城裡轉轉，看看能不能找到什麼事情做。」

「行，你等我一會兒，我把要帶下山的東西整理一下。」方逸想了下後，爽快地說。

其實胖子之前把手背到身後撥動表弦的舉動並沒有逃過方逸的眼睛，只不過他也是少年心性，琢磨著就差那麼幾天應該不會出什麼問題的，於是也就同意了。

「那你抓緊點啊，三炮還在山下等我們呢，他說回頭去水庫炸些魚去，晚上咱們有魚湯喝。」

胖子所說的三炮，本名叫彭三軍，也是他們從小一起長大的夥伴，以前沒少和胖子一起在道觀混吃混喝。因為三炮家裡是做石料生意的，經常要放炮開山，再加上三炮排行老三，所以被起了這麼個外號。

「三炮也回來了？這小子一走也是好幾年啊。」

聽到胖子的話，方逸臉上露出一絲欣喜，他們三個幾乎是光著屁股一起長到十五六歲，後來三炮當兵去了，山上又收不到信，是以方逸這幾年一直沒有三炮的消息。

方逸走進院子右面的廂房，這是老道士住的房間，雖然老道去世已經有三年了，但方逸仍是每日清理，將屋子打掃得一塵不染。

「師父的自畫像要帶走……」

方逸進屋後，先對牆壁上掛著的一幅畫行了個禮，那是一幅肖像畫，畫上一個髮挽道髻的老人，相貌和藹，一雙眼睛畫得十分傳神，似乎一眼就能看到方逸的心裏。

「師父，山中無糧，弟子要出山了，還請您老人家護佑。」方逸口中一邊念叨著，一邊將那幅畫從牆上取下，然後捲起來塞到一節竹簡之中。

「這酒葫蘆自然是要帶著。」方逸拿過一個師父經常背著的木箱，將竹簡放進去後，又把適才的酒葫蘆放在裡面。

倒不是方逸捨不得葫蘆中的酒，而是這葫蘆本身就很有紀念意義。因為從方逸記事起，這酒葫蘆就和師父形影不離，原本應該是黃色的葫蘆，已經被老道士摩挲得變成了深棕色，屋外的陽光照在葫蘆上面，隱隱顯露出一絲流光溢彩。

「這幾串流珠也要帶上，師父曾經說過『靜則神藏，躁則消亡』，這幾件法器倒是可以修行的時候用。」

收好葫蘆後，方逸的眼睛看向師父床頭掛著的幾串珠子，這些珠子有十二顆的手串，有十八顆的手持，也有八十一顆和一百零八顆的念珠，均是包漿濃厚，老道士去世之後，方逸仍不時把玩著，所以色澤很是光亮，看上去像是帶著一絲靈氣。

道家的道珠，十二顆代表十二雷門，二十四顆代表二十四氣，二十八顆代表二十八星宿，三十二顆代表三十二天度人上帝，三十六課代表天罡生煞之數，八十一顆代表老君八十一化，也代表九九純陽之氣。一百零八顆，則是代表了三十六天罡七十二地煞，老道士尤其喜愛八十一顆的道珠，他留給方逸的這些道珠中，八十一顆的有三串，其餘的都只有一串而已。

對於師父的用意，方逸心中很是明白，因為師父所授的功法就和這八十一顆道珠有關。

在手腕上各戴了一串道珠，又取了一串八十一顆的掛在脖子上，方逸將其餘道珠放到一個布袋裡裝好，放到箱子裡，眼睛不經意又瞄到桌上放的一個銅質的羅盤上。

方逸師父所傳下來的東西，多半都是老道士加持了數十年的物品，原本普通的東西以道經加持了那麼多年，也都成了法器；按老道士的說法，在他做風水先生的那幾年，這個羅盤就是他的吃飯傢伙。

「師父，如今世間清明，根本就沒有法事要做，這東西我就給留下啦。」

方逸嘴裡嘀咕著，將羅盤拿在手中，蹲下身體撬起一塊方磚，方磚下露出一個不大的小洞，方逸將羅盤放了進去。

帝王決 8 山河歲月 大結局

作者：水鵬程
發行人：陳曉林
出版所：風雲時代出版股份有限公司
地址：10576台北市民生東路五段178號7樓之3
電話：(02) 2756-0949
傳真：(02) 2765-3799
執行主編：朱墨菲
美術設計：許惠芳
行銷企劃：邱琮傑、張慧卿、林安莉
業務總監：張瑋鳳

初版日期：2017年11月
初版二刷：2017年11月20日
版權授權：蔡雷平
ISBN ：978-986-352-507-3
風雲書網：http://www.eastbooks.com.tw
官方部落格：http://eastbooks.pixnet.net/blog
Facebook：http://www.facebook.com/h7560949
E-mail：h7560949@ms15.hinet.net
劃撥帳號：12043291
戶名：風雲時代出版股份有限公司

風雲發行所：33373桃園市龜山區公西村2鄰復興街304巷96號
電話：(03) 318-1378
傳真：(03) 318-1378
法律顧問：永然法律事務所 李永然律師
北辰著作權事務所 蕭雄淋律師

行政院新聞局局版台業字第3595號 營利事業統一編號22759935

定價：280元　特惠價：199 元　

國家圖書館出版品預行編目資料

帝王決／水鵬程 著. -- 初版. -- 臺北市：
風雲時代，2017.07- 冊；公分

ISBN 978-986-352-507-3（第8冊；平裝）

857.7　106009964